O livro de Aisha

O livro de Aisha

Sylvia Aguilar Zéleny

TRADUÇÃO
Julia Dantas

Porto Alegre
São Paulo
2025

Ninguém jamais fez boa literatura
com histórias de família[1].
Ricardo Piglia

Eu te levei levaria estou levando
nas minhas costas vida afora.
María Negroni

Quero contemplar
quero ser testemunha
quero me ver viver
te cedo com gosto a responsabilidade
como um escriba
ocupa meu lugar
goza se puder com a substituição
serás minha descendência
minha alternativa.
A que viveu para contar.
Cristina Peri Rossi

e, depois, voltar a escrever
na ordem que convém
o mundo que aprendemos
Chantal Maillard

---

[1] Tradução de Heloisa Jahn no livro *Respiração artificial*, edição da Companhia de Bolso.

Em memória de Fátima Ayşe

UM

De dentro de um avião noturno, a chegada numa cidade se adivinha pelas luzes, as mínimas luzes que se multiplicam até formar um só brilho. O destino se aproxima. Expressões de alívio, alegria, cansaço, indiferença. Que mais se sente ao chegar numa cidade? Incerteza. Isso, eu acho, é o que se expressa no rosto da minha irmã.

Imagino que ela pega na mão de Sayyib. Imagino que aponta e explica para ele o que existe depois do vidro: esse é o estádio, aquele, o centro comercial, ali, a zona industrial. Esta é uma viagem importante: ela volta às origens, ele vem para conhecê-las. Quando o avião começa a descer, eles se dão as mãos, fecham os olhos e murmuram a mesma oração, repetidas vezes, as mesmas pausas, os mesmos sons, o mesmo movimento nos seus lábios.

Assim, é assim que eu imagino.

Minha mente então reconstrói o aeroporto. Ali estão meus pais, Isela e David, esperando o avião, esperando a filha mais velha. Procuram por ela em cada uma das pessoas ao redor. Já desceu, você consegue vê-la? Passou por nós? A filha está na frente deles e não a reconhecem. Ver sem ver. Quanto tempo e quanta vida têm que passar para que os pais não reconheçam seus filhos? Faz mais de cinco anos que ela partiu de jeans, camiseta e jaqueta de couro. Não, não pode ser ela a do rosto tímido que emerge de uma roupa interminável; ela, a de cabeça coberta. Não pode ser, ou é sim?

Minha irmã se aproxima, sou eu, sou eu, repete para que acreditem. Abraçam ela como se fosse uma desconhecida. Não dizem o que sentem ao vê-la *assim*. Não há espaço para criar uma cena, sorriem com educação. Ela diz esse é o Sayyib. Eles tentam estender a mão, mas ele oferece um abraço a cada um: Baba, diz para ele, Anne para ela. Minha irmã explica que isso significa pai e mãe, mas também significa sogro e sogra. Não é incrível que no *nosso* idioma se usam as mesmas palavras pros dois? Mamãe finge que não se incomoda com *aquele* homem os chamando de pai e mãe. Papai só pensa nessa última frase: *nosso* idioma.

Imagino como deve ter sido longo o trajeto até o estacionamento. Vejo meus pais incomodados com os olhares das pessoas; vejo eles fingirem, agirem como se não fosse nada, como se ao lado deles não estivesse uma mulher coberta dos pés à cabeça. Vestida como essas mulheres que aparecem em documentários ou filmes estrangeiros. E o caso é que eles próprios não conseguem deixar de olhar. Está tão mudada. Colocam o mal-estar, a curiosidade ou o que quer que sintam no porta-malas, bem ao lado das bagagens.

Esse é o estúdio. Ele abriga um sofá-cama, três luminárias, duas escrivaninhas, um par de arquivos e várias estantes. Papai mandou fazer esse espaço para que nós, os filhos, lêssemos e fizéssemos as tarefas aqui. Mamãe que decorou. Com o passar dos anos, este lugar se transformou no arquivo familiar: gavetas com boletins, certidões de nascimento, diplomas. Nas paredes: fotos, diplomas, desenhos, lembranças de outra época em giz de cera.

Numa das paredes está pendurada uma moldura com quatro documentos carimbados pelo mesmo hospital. Cada um deles anuncia o nascimento de um de nós. O primeiro diz: me chamo Patrícia, nasci em 21 de junho, pesando três quilos e com quarenta e sete centímetros. Minha irmã Aisha antes se chamava Patrícia. Aisha era antes uma mera e simples Patrícia.

Numa estante há uma fileira de fotos de casamentos e batismos. A mesma igreja. Este percurso fotográfico se inicia com uma foto de casamento, à qual se seguem batismos e depois fotos de viagens, passeios, encontros. Gosto especialmente dos retratos dos meus irmãos, Edgar e Sérgio, quando eram vestidos iguais e ninguém sabia quem era quem. As fotos da minha irmã começam em preto e branco e vão se convertendo em imagens coloridas com o passar do tempo.

Muitas dessas fotos vão desaparecer nas mãos de Patrícia, ou melhor, nas mãos de Aisha. E o cômodo vai parecer vazio. É aqui que, muitos anos depois, eu vou começar a procurar minha irmã, nas prateleiras, nas gavetas, no pouco que ela deixou para trás. Mas neste momento eu não sei disso, neste momento o estúdio é apenas o lugar onde eu durmo enquanto minha irmã e seu recente marido ocupam meu quarto.

Me chamo Sylvia. Sou a caçula de quatro irmãos. Minha irmã nasceu em 1958. Meus dois irmãos nasceram em 1962. Eu nasci em 1973. Há uma diferença grande entre eles e eu. Minha irmã aprendeu a dirigir quando eu começava a largar a motoca. Cresci vendo ela ir embora. Eu era a nenê da casa enquanto ela passava do ensino fundamental para o ensino médio. Ela explorava a cidade e seus cafés e bares. Eu não saía da quadra de casa. Até que um dia ela partiu. Minha irmã partiu. Eu fiquei. Todos nós ficamos, mamãe, papai, meus irmãos. Todos nós ficamos sem ela.

Mesmo agora que ela voltou, estamos sem ela. Muito sem ela.

Não consigo tirar os olhos dela. Ela fala em voz baixa, com longas pausas entre cada palavra, entre cada frase. Por que você está falando assim?, Edgar pergunta, sem cerimônia. Ela não responde. Sérgio então pergunta o que ela traz de novas músicas, quais livros. Ela responde que nada. Nada mais de música. Nada mais de livros. Nem Peter Gabriel, nem os Stones, nem Banville, nem Kundera, nada? Nada, ela diz. Sua voz parece de luto.

A última vez que estivemos os quatro numa sala, ela tinha vinte e um anos e um futuro pela frente; meus irmãos tinham dezoito e um futuro pela frente; eu tinha sete e não pensava nem em futuro, nem à frente. Eu só via minha irmã e tentava entender por que ela cobria a cabeça, por que tinha outro nome, por quê, por quê.

Mais alguma pergunta?, diz. Usa essa voz que justamente coloca um fim às perguntas. Eu estou a ponto de dizer que sim, de perguntar por que ela mudou, por que se veste assim, como faz para colocar isso no cabelo, e se tem que usar todos os dias, por que já não tem pelos nos braços, no rosto, tampouco nas pernas? É verdade que ele pode se casar com outras mulheres? É verdade que...

Minha irmã vai com seu marido desfazer as malas. Nós ficamos assim, desfeitos. Alheios.

Estamos na mesa da sala de jantar, a mesma onde celebramos aniversários, Natais, tantas festas de fim de ano. Sentados do lado direito estamos eu e meus irmãos; meus pais, cada um numa cabeceira. Do lado esquerdo estão minha irmã e Sayyib. Há comida, pratos, copos. Uma refeição qualquer em família. Todos se servem disso, daquilo. Minha irmã serve Sayyib, só um pouco disso, nada daquilo.

Alguém quebra o silêncio: Paty, conta como é a vida por lá. Ela, sem olhar ao papai, sem olhar à mamãe, nos diz que ela já disse que não se chama Paty, que esse nome já não existe... Sayyib escolheu um para mim, um nome especial. Meu nome é Aisha e tem uma história linda. Aisha era... Como se pronuncia *isso*?, pergunta Sérgio. Ela repete. Nos faz repetir de novo e de novo, como se fôssemos alunos aprendendo vogais e consoantes. Decoramos. Nenhum de nós usará esse nome. Eu, sim, eu escreverei sobre ele, mas disso eu ainda não sei. Meus irmãos a chamarão com um opa; papai e mamãe chamarão de filha. Eu, desde então, a chamo de irmã. O que arrancam de você quando te arrancam o nome?

Eu te dei o nome Patrícia, diz papai. Sayyib murmura algo, minha irmã assente. Seguimos comendo em falsa normalidade. Mamãe pergunta: já provaram o purê? Eu penso em como é estranho ver minha irmã *assim*.

A refeição se alonga porque é necessário traduzir para um e para outros. Mesmo a mais mínima pergunta, o menor dos comentários, passa por dois idiomas. Um dos meus irmãos sugere: seria bom se o seu marido viesse com legendas. Meu outro irmão ri e desenha um quadro imaginário abaixo do pescoço de Sayyib. A piada, uma vez traduzida, não é engraçada, não para Sayyib. Nada é engraçado para Sayyib. Ele veio para nos suportar, quase para nos submeter.

Minha irmã e seu marido têm mil requisitos. Que cubramos as janelas, que, por favor, não comamos isso, que não tomemos aquilo, não na frente deles, que tiremos os quadros, que escondamos as fotos, que não se pode receber visitas... A resposta ao por quê? sempre se repete: porque é inapropriado.

Nossa vida é inapropriada. Surge então um novo sistema:

Mamãe: sim para tudo.

Papai: silêncios.

A casa não é a mesma porque minha irmã não é a mesma. E a família não é a mesma.

Minha irmã pede que compremos umas galinhas para abatê-las no quintal, assim eles podem comer carne. Diz galinhas como se dissesse peito de peru fatiado. Como se fosse uma coisa que se compra todos os dias, como qualquer outra. No quintal fazemos pequenos eventos, semeamos plantas, penduramos a roupa, deitamos de barriga para cima para ver as nuvens, mas nunca, nunca matamos galinhas.

Papai: nós nem sabemos matar galinhas.

Mamãe: mas vamos aprender.

Meus irmãos: tô fora!

Minha irmã mudou nome, religião, minha irmã mudou tudo. Minha irmã, além disso, reclama de tudo.

Irmã para mamãe: você nunca nos alimentou espiritualmente.

Irmã para papai: por sua causa, crescemos em pecado.

Irmã para todos: parem de me chamar de Patrícia. Meu nome é Aisha, Aisha.

Minha irmã crava palavras como se fossem agulhas.

Lá fora sangra uma galinha, aqui dentro uma família. De que outra forma explicar?

Minha irmã também abandonou seu idioma. Ela e Sayyib falam turco entre eles; às vezes, só às vezes, se falam em inglês. No começo, minha irmã traduz todas as conversas entre ele e a gente. Eu também falo inglês. Sayyib acha que você deve praticar o inglês, então você que vai nos traduzir daqui pra frente.

Me torno a intérprete da família, apesar de ser apenas uma criança. Um dia, por exemplo, para puxar papo ou para entender quem ele é exatamente, mamãe me faz perguntar pela família dele. Então, enquanto ele responde, tenho que decorar nomes, empregos, profissões e hábitos dos seus pais, dos seus irmãos. Depois continua com a família estendida e, na metade desse longo rastro de tios, tias, primos, tenho que interrompê-lo de novo e traduzir para a minha mãe, explicar quem vive perto da sua família nuclear e por quê, quem mora longe e onde, quem são os que já morreram e de quê. Meu trabalho de intérprete é excessivamente complicado, para uma única pergunta vêm respostas longas e sinuosas que param de repente.

Ele tira sarro do meu sotaque, diz que é de adolescente californiana. Não vejo graça. Você tem que perder logo esse sotaque, me diz, é absurdo. Espero que minha irmã o repreenda, que o mande parar, como costumava fazer quando meus irmãos me chamavam de pernas de grilo, gafanhoto, Dona Aranha, só para me fazer chorar. Mas não, nada.

Todos os dias tenho que estar com eles, ir e vir com eles, subir e descer com eles. Estar, estar, estar. Tudo--com-eles, compras, trâmites, passeios e qualquer outra coisa que eles queiram. Para minha irmã é proibido falar com homens e, por mais que eu pergunte, ela não me explica por que, só diz que é assim, que não pode e pronto, que eu não vou entender. Ela tem voz, mas nada mais, minha irmã obedece seu marido e o silêncio porque assim dita essa religião que ninguém em casa entende. Penso em religiões, em homens como Sayyib, em deuses e profetas, e me pergunto se terão todos se aliado contra minha irmã. Mas sou ajudante e intérprete; meu papel é fazer as perguntas e entregar as respostas. Me torno sua propriedade. É desconfortável entrar em repartições, consultórios ou bancos com um homem que parece ter nascido de mau humor e uma mulher toda coberta.

As pessoas nos olham, bom, olham para eles, mas sou eu que me sinto envergonhada.

Os vizinhos a observam confusos nas suas poucas entradas ou saídas de casa. Falam dela, dizem que loucura adotar *essa* religião! Que difícil deve ser para a sua mãe. Ninguém mandou criar com rédea solta. Se fosse minha filha, eu...

Obviamente, quando esbarram com mamãe pelas manhãs enquanto ela coloca o lixo para fora, dizem: que feliz você deve estar com a Patrícia aqui, depois de tantos anos. Ela responde que sim, que muito feliz, que seu genro é excelente. E agradece, vai repassar os cumprimentos.

Mamãe não dirá a eles que essa visita só trouxe dor de cabeça, para dizer o mínimo. Não dirá que perdeu o comando da sua cozinha. Tampouco vai contar que no seu quintal se abatem galinhas, que está com o congelador cheio do cordeiro que compraram vivo e carnearam num sítio. Não dirá que teve que guardar todas as fotografias da família e que definitivamente não pode receber visitas de nenhum tipo. Mamãe só coloca o lixo para fora. O lixo da *família*.

Às seis da manhã, enquanto me preparo para ir à escola, minha irmã se levanta, me acompanha no café da manhã. Estou desembaraçando o cabelo, ela pega a escova e acaba fazendo isso por mim. Como antes. Passa a escova e depois a mão, a escova e a mão. A mão. É um carinho. Crio coragem e pergunto por que ela cobre o dela. Sua explicação é longa e bonita, quase uma história de amor. Peço que ela me mostre seu cabelo, só um pouquinho. Só uma mecha. Ela sorri e me diz: outro dia.

Nesse dia, na escola, converso com a professora de ciências sociais, que é minha confidente desde que minha irmã chegou. Ela diz que na verdade as muçulmanas podem, sim, mostrar o cabelo, pelo menos entre mulheres. E por que a minha irmã não?, pergunto. Isso só ela pode responder.

Passo o dia na escola querendo estar em casa. Quero chegar e dizer para ela o que a professora me disse, e que por favor por favor por favor me mostre seu cabelo porque, como sou mulher, eu posso vê-lo. Quero que ela me diga como faz para colocar *isso* na cabeça. Que ela coloque, sim, quero que ela coloque em mim.

Mas, quando chego em casa, mamãe me diz que eles foram embora. Como assim? Por que ela não me avisou de manhã? Corro para o quarto para ver se é verdade, mas as coisas deles estão ali. Para onde foram? Minha mãe, enquanto abre as janelas totalmente, me diz: foram para o Arizona, Sayyib tem entrevistas de trabalho e tomara que demorem bastante. Um sol radiante entra na casa. Me dou conta então de que estávamos há semanas no escuro.

Uns dois anos antes, quando minha irmã já não morava com a gente, minhas amigas da rua começaram a fazer catequese. Pedi permissão para ir com elas, para que eu também fizesse a primeira comunhão. Falei com a mesma confiança que a minha irmã demonstraria ao nos dizer que tinha um novo nome.

Disse a eles que eu tinha curiosidade, muita curiosidade, que queria saber sobre Deus, sobre Jesus Cristo e especialmente sobre o Espírito Santo, todos personagens de quem falavam minhas amigas. Seres poderosos para quem as pessoas rezam.

Tanto meu pai quanto minha mãe disseram que não, meus dois irmãos morreram de rir. Tá vendo por que não gostamos que você ande com elas? As ideias que metem nas cabeças delas desde pequenas. Você tem que entender que agora não. Nem pensar, não pode ir na catequese.

Fiquei na vontade de conhecer o Espírito Santo.

Aproveito que minha irmã e seu marido estão viajando para entrar no quarto deles e procurar o livro sagrado. Leio poucas páginas e a curiosidade volta. Que diferença será que existe entre Maomé e Jesus?

Será que eles também têm um Espírito Santo? Como será que é acreditar em alguém todo-poderoso?

Então, enquanto ajudo mamãe a guardar as compras, faço uma segunda tentativa: posso ir na catequese? Sei que já sou grande, mas acho que quero aprender mais e fazer a primeira comunhão. Ela deixa cair a sacola de laranjas. Antes que eu consiga me agachar para recolher, mamãe, que nunca tinha levantado a mão para mim, me sacode dizendo que não. Não, senhora, você não pode entrar pra igreja, que ideia é essa? Você e sua irmã querem me deixar louca? Digo para ela que não é a mesma coisa, mas minha mãe não me dá ouvidos. De novo penso em religiões, homens, deuses e profetas.

Ela me expulsa da cozinha, mas não consegue desfazer minha curiosidade. Vai ser a minha curiosidade ou a minha necessidade de encontrar algo que acabará me levando, mais adiante, pelo caminho da escrita.

Na volta do Arizona, as discussões aumentam na família. Minha irmã e meu pai. Minha mãe e meu pai. Minha irmã e seu marido. A pior foi aquela noite. Gritos no quarto deles. O idioma que falam me soa como ofensas, pura raiva. Meus irmãos não estão. Papai se trancou no quarto. Só mamãe está preocupada no corredor. Sua orelha grudada na porta. Me manda para o estúdio, mas fico observando e escuto.

O silêncio se instala de repente com um golpe seco. O choro da minha irmã.

A porte se abre. Sayyib sai e aponta para minha mãe, diz alguma coisa para minha irmã. É como se dissesse: olha, está aí, olha, está nos espionando. Mamãe diz: filhinha, você está bem? Sayyib grita, aponta, grita e grita e grita. Minha irmã então sai como um animalzinho amedrontado que, conforme avança, cresce, fica grande. É uma fera. Minha irmã reclama com minha mãe da sua casa, da sua comida, dos seus hábitos, da sua espionagem. Papai entra em cena e de repente tudo são palavras, ameaças, gritos e, claro, portas batendo.

Minha irmã anuncia que vão embora, que não aguentam mais ficar aqui, isso não é lugar para nós. Vejo seu rosto, descubro uma pequena grande mancha na sua bochecha. Ninguém vai dizer nada sobre isso? Não, ninguém vai dizer nada.

De novo: religião, homem, deus, profeta.

Minha irmã e seu marido vão embora. Mamãe e eu somos as únicas que nos despedimos. Nunca o caminho de casa até o aeroporto foi tão longo, e nunca os abraços de despedida foram tão curtos. No retorno, quero fazer mil e uma perguntas à minha mãe, mas não me atrevo. Nunca me atrevo a nada.

Mamãe chora. Liga o rádio. Diz, entredentes, Patrícia.

A partir desse dia seu nome será cada vez menos pronunciado.

Desaparecerá.

Não haverá cartas, postais nem telefonemas. Não saberemos nada dela.

Minha irmã desaparecerá.

DOIS

O que diz papai:

Foi por tua avozinha que chamamos ela de Patrícia. Era o mínimo que podíamos fazer. Tua avozinha nos ajudou tanto quando casamos.

Patrícia era a menina dos olhos dela. Imagina: a primeira neta.

É melhor ser avó do que ser mãe, quando ficam manhosos devolvemos pros pais e pronto, dizia. Cuidou dela até a entrada no jardim de infância. E mesmo então era a tua avozinha quem buscava e ficava com ela até que tua mãe ou eu saíssemos do trabalho. Reuniões de pais e mestres? Era tua avó quem ia. Bolos pro Dia das Crianças? Tua avó quem fazia. Fantasia pro festival de primavera? Tua avó, sempre tua avó.

O pacote de cigarros fica vazio. Papai amassa e arremessa na direção da lixeira. Erra. Bom, e por que você quer saber de tudo isso?

Não sei, digo, não sei.

O que diz vovó, a do lado paterno:

Quando era pequena, como qualquer menina da idade dela, minha Paty brincava de casinha, enfileirava os vasos do quintal e mandava que se comportassem bem enquanto ela ia fazer as compras da casa. Se enfiava na cozinha e, quando voltava, perguntava: vamos ver, quem se mexeu?

Andava comigo pra cima e pra baixo. Ia comigo no mercado, no açougue, na padaria, aí me fazia abrir o embrulho de papel porque sempre queria uma, uma tortilhazinha pro caminho, Vó, ela me dizia.

Chorava quando perdia o sapato de uma boneca, quando a bola de sorvete caía da casquinha, resmungava quando puxavam seu cabelo na hora de escovar. Ria quando faziam cosquinhas ou carregavam ela nos ombros, quando alguém soltava um peido ou quando ouvia um palavrão. Ficava deslumbrada com as histórias do Rei Artur e os Cavaleiros da Távola Redonda, com Joana D'Arc e, claro, com a Luluzinha.

Você lembra da Luluzinha?

O que diz vovó, a do lado materno:

Ficou louca quando nasceram seus irmãos. Eu tive dois bebês ao mesmo tempo, ela se gabava quando falava deles.

Ficava na pontinha dos pés ao lado do berço e perguntava quando ia poder pegar eles no colo, qual ia ser o seu e qual seria o da sua mãe. Todo mundo achava que ela ia ter ciúmes, tinha passado tanto tempo sozinha e era tão mimada, especialmente pela tua outra avó, mas não foi o caso. Ela preferia ficar em casa com os irmãozinhos do que sair para brincar com as meninas da sua idade. Às vezes fingia que os dois eram seus bebês. Ela gostava de ser a mais velha. Quantas vezes brigou na escola pra defender os dois disso ou daquilo. Muitas vezes encobriu o que eles aprontavam. E muitas, muitas vezes, pelo contrário, colocou neles a culpa pelo que ela aprontava.

Vovó se perde na memória. Depois me olha e pergunta: mas vem cá, você não me disse, já comeu ou não? Faço alguma coisa pra você, tá com vontade de quê?

O que diz mamãe:

Na minha opinião, eu diria que o descontrole começou entre o ensino médio e a universidade. A casa era um campo de batalha diário, época de chiliques, de gritos, de vocês não me entenderem. Além disso, é necessário dizer que começaram os dias de greves, as paralisações, os protestos na reitoria, os dias em que até ouvir o telefone dava medo. Eu me preocupava com o onde, o quando e com quem. Eu vivia preocupada, com tudo que a gente via nas notícias eu só torcia pra esses dias acabarem.

Quando ela era pequena, dizia: quando eu crescer vou casar com um chinês e ir pra longe. A gente dava muita risada. Como são as coisas, acabou casando com um estrangeiro — que só por acaso não foi um chinês — e que de fato levou ela pra longe.

Aquele homem mudou a vida dela e também a nossa. Não vou negar, foi um choque ver ela vestida daquele jeito quando voltou pra casa. Tudo era tão estranho. Mas quis respeitar suas decisões por medo de afastá-la. Medo de perdê-la, mamãe, medo de perdê-la, é o que quero dizer.

Mamãe volta os olhos para a mesa, depois olha ao redor como se procurasse alguma coisa. Não. Como se procurasse a filha que já sabe não estar aqui.

Mamãe suspira. Dá mais um gole na xícara onde faz tempo que não resta mais café.

Toma ar. Minha mãe toma ar. Parece que quer acrescentar algo mais, mas se contém. Então me diz, apenas com o olhar, que já não quer mais falar. Desligo meu gravador e saio.

Precisa de ar, minha mãe precisa de ar.

O que diz a internet:

Análise do nome Patrícia

Natureza emotiva
Aproveita tudo. Se expressa por meio de método, execução e hierarquia. Ama o sólido, o que se desenvolve e protege. Gosta de se sentir segura.

Natureza expressiva
Se adapta a tudo. Se expressa com jovialidade, amenidade e prodigalidade. Ama a dignidade e o reconhecimento, o belo, o que se desenvolve e edifica.

Talento natural
É uma mente de pensamento dedutivo. Se expressa como pensador independente, com autoridade e lealdade, geralmente em atividades exclusivas, contando mais com a intuição do que com a razão. Ama o complexo e o elevado, o que se sente e o que se pressente. Pode se destacar em profissões como cientista, professora, ocultista, escritora, agricultora, inventora, advogada, atriz, analista ou líder religioso.

O que digo eu:

Patrícia significa uma menina que, nas viagens longas, se entretinha procurando desenhos nas montanhas, que eram castelos, crianças deitadas na areia, gatos sem rabo. Patrícia significa, também, uma menina cujo choro só podia ser tranquilizado pelo ninar da sua avó. "Nana" foi uma das primeiras palavras que pronunciou, achava que era seu nome. Nana está triste, dizia, e apontava para si mesma para pedir consolo pela boneca perdida, pelo brinquedo estragado.

Patrícia, uma menina que agarrava um galho, uma pedra ou outra coisa antes de chegar em casa e ficava batendo nas grades das cercas; se estava de bom humor, corria e as batidas eram velozes, se estava brava ou triste, as batidas eram como um lento pulsar, o coração de um velho.

Patrícia é a origem de muitas perguntas, as professoras preferiam ocupá-la com a chamada ou a nomeando líder de grupo. Patrícia, uma jovenzinha que enrolava uma mecha de cabelo no dedo quando lia o momento mais emocionante de um livro. Patrícia, uma mulher com decisões que ardiam em chamas. Patrícia, uma mulher que acreditava que o mundo podia mudar. Por que não existem deusas louvadas por milhões? Profeta, minha irmã podia ter sido profeta.

Das profetas e das irmãs pouco se sabe.

O que meus irmãos dizem:

Ligo o gravador e peço que me contem um pouco de Patrícia, mas nem termino de fazer a pergunta.

— A verdade é que ela tinha uma personalidade do diabo.

— Sim, do DI-A-BO.

— Assim que teve chance...

— Pegou as malas e o passaporte.

— A partida dela deixou os senhores em silêncio.

É assim que meus irmãos chamam nossos pais, "os senhores". Mamãe acha engraçado, papai nem um pouco. Que eles gostem ou não é algo que não faz a menor diferença para os meus irmãos. Eu gravo e faço anotações, estamos na barbearia, o mesmo lugar onde eles cortam o cabelo desde criança.

— Eu acho que a partida dela tornou irreversível um silêncio que a gente já conhecia.

— De todos, ela sempre foi a mais bem comportada, a estudiosa, a filha clássica...

— Do diabo.

— Não, de professora, a filha clássica de professora.

— E do diabo.

— É que sempre queria ser perfeita.
— Parecia que sempre esperava uma estrelinha dourada na testa por tudo que fazia.
— Nós nunca tivemos esse sintoma.
— Você também não, ou sim?

Respondo que não com a cabeça, mas bem sei que sim, que tive, que tenho. O sintoma, que eu chamo de síndrome, não desaparece fácil. Essa constante busca por validação.

— Teve uma época que ficava mal-humorada por qualquer coisa.
— Era gritona, intolerante...
— Quando queria, conseguia ser legal. Lembre que ela nos ensinou a dirigir.
— E você lembre como ela nos maltratou enquanto tentava.
— Ela nos ensinou a escutar e pronunciar Emerson, Lake & Palmer.
— A tomar cerveja e ler Kundera.
— Saiu de casa com vinte e dois anos.

Não foi com vinte e quatro?, pergunto. Sérgio sai do seu lugar ao meu lado e se muda para a cadeira ao lado de Edgar, passa um pente pelo cabelo, depois pelas espessas sobrancelhas. Seu Luís pergunta: quer que a minha esposa tire a sua sobrancelha? Pra ficar mais bonito. Meu irmão responde muito seguro de si: Seu Luís, minhas sobrancelhas são o segredo da minha belezura. Todos rimos. Depois é Edgar quem retoma a conversa.

— Nos primeiros meses ela escrevia bastante, nas suas cartas contava que a Europa era um território incrível e estupendo.

— Depois comprou uma câmera.

— E aos poucos suas fotos começaram a acompanhar os postais.

— Dizia que as fotos eram "uma extensão da vida".

— Isso. É que as imagens são a fronteira entre o sonho e a realidade, entre a palavra e o silêncio, o todo a partir do um.

— Que diabos você quer dizer com isso?

— Não sei, pensei agora.

Seu Luís entrega um espelho a Edgar e gira a cadeira para que ele possa conferir o corte, e meu irmão assente. Tira o avental e se levanta. Sérgio automaticamente assume o posto.

— Papai achava as fotos dela absurdas. Dizia: quem tira oito fotos de um banco velho?

— Devem estar por aí.

— Nah, com certeza se desfez delas.

— É que, sério, ele sempre achou absurdas. Dinheiro jogado no lixo, dizia.

— Teve períodos que ela escreveu pouco.

— De repente um ou outro telefonema.

— Nós não falávamos com ela, geralmente os telefonemas eram pra mamãe. Ela que nos relatava, a irmã de vocês anda fazendo isso, a irmã de vocês tem que terminar aquilo, a irmã de vocês diz que...

— Passamos três semanas com ela, nos mandaram passar um verão por lá.

— Foi provavelmente a melhor época. Depois dos passeios turísticos: parques-pontes-igrejas-museus, a gente se enfiava em algum bar e tomava cerveja até cair.

— Umas duas semanas depois da gente voltar foi que ela conheceu o Sayyib. O mais estranho é que a gente pensava que ela tinha alguma coisa com um jamaiquino que vivia na sua pensão.

— Se diz jamaicano.

— Como que se diz jamaicano? O ponto é que um dia ela telefonou e disse pra mamãe que casou, assim do nada. Não disse algo como vou casar ou quero casar, quer dizer, nem sequer um conheci alguém e me apaixonei.

— Nada. Só assim: casei.

— E então mamãe só chorava e chorava, não podia acreditar.

— Ah, mas logo depois ela se exibia pras amigas dizendo que a filha tinha casado na Europa. Que maravilha.

— Passou muito tempo sem escrever. Quando escrevia, as coisas que ela dizia... Como explicar? Parecia outra pessoa e não a nossa irmã. Já não falava dos seus passeios, das suas descobertas. Muito menos da cerveja inglesa. Falava do Ser Supremo e do poder máximo da oração.

— E de como a vida do mundo ocidental deforma as pessoas.

— Quando vimos ela de novo, era outra.

— Totalmente outra.

— Lembra quando a mamãe pegou ela rasgando as fotos da família onde ela aparecia?

— Sim, nem me fala, praticamente apagou seus rastros. Ficaram algumas. É a última coisa dela em casa.

Eu escuto, eles se alternam para contar detalhes desse dia. Ouço, vejo tudo de novo e ao mesmo tempo é como se ficasse sabendo disso pela primeira vez.

Seu Luís também está ouvindo e, pelo modo como pousa as mãos sobre os ombros de Sérgio, sei que ele entende, até mais do que nós. Pronto, diz em algum momento. Enquanto meus irmãos pagam no caixa, eu vejo seu Luís varrer os restos. Nossos restos.

O que se diz por aí:

Quando mamãe foi fazer a consulta para a cirurgia de vesícula, perguntou se podia, ao mesmo tempo, aproveitar a operação para fazer outra e não ter mais filhos.

Teu pai reclamou: e eu não voto nisso? Nem imagino a cara que o médico fez. Mas ela eu vejo dando uma série de argumentos pra mostrar que já não tinha idade para a maternidade. Pobre médico, testemunha de uma conversa dessas. Médicos, maridos, deuses, profetas...

Olha, eu acho que foi assim: o Edgar ouviu a conversa e contou pro Sérgio, o Sérgio contou pra Patrícia. A coisa virou assunto de família. Teu pai e teus três irmãos quase adolescentes passaram dias tentando convencer ela a ter mais um filho.

Sim, foi Patrícia.

Isso mesmo, foi a tua irmã que disse: uma menina, mamãe, precisamos de uma menina, nos ajudaria muito a contrabalançar esses neandertais com quem moramos. A tua mãe, ou foi teu pai?, perguntou: e se for menino? E tua irmã, sem dar o braço a torcer, disse, vai ser menina.

Sem saber, minha irmã escreveu meu destino. Será minha vez de escrever o dela?

Foi minha irmã que escolheu meu nome, tinha catorze anos quando pegou no colo uma bebê de três quilos e não sei quantos centímetros.

Eu fui a última boneca com que ela brincou.

O que dizem as fotos:

Estão todos ali. Edgar ao lado de papai. Sérgio agachado, tentando ficar na sombra. A filha menor nos braços da mamãe, Patrícia ao final. Todos olham para a câmera. Exceto a menina. Seus olhos estão em outro lugar, está em outro lugar. A foto foi tirada em algum momento em meados ou fins dos anos 70, porque ali está o Volare do papai. Esse amado carro ficará aos pedaços porque Patrícia, Edgar e Sérgio vão bater com ele no comecinho dos anos 80.

Ninguém sorri. Ninguém mostra o melhor da família para a câmera, para a vida. É interessante se perguntar por quê. Talvez tenham acabado de ter uma briga que ninguém mais lembra como começou, porque quem lembra como começam as brigas de família?

Depois da foto, cada um foi para o seu lado. Mamãe para casa, papai limpar o carro. Edgar e Sérgio direto para a rua. Patrícia se aproximou do fotógrafo, que era o namorado do mês, diria papai. Pegou a câmera dele. Deu um beijo nele, um longo beijo, um beijo que só a irmã caçula viu.

O que digo eu:

Não lembro de termos sido muito unidas, ainda que com frequência escute histórias de como ela me levava a todo lado, de como cuidava de mim e me mimava.

Você foi a última boneca dela, minha mãe diz até hoje.

Os laços entre nós ficaram fortes justo quando ela deixou de morar aqui. Logo que ela foi embora, quando ainda não conhecia Sayyib, ela enviava duas ou três cartas por mês, eu respondia com três, quatro ou até cinco.

Nunca mais escrevi tanto.

Sempre começava descrevendo o lugar de onde escrevia. Estou numa biblioteca que sobreviveu a duas guerras e a milhares de estudantes intrometidos. Esse é o melhor banco do parque, daqui é possível ver as casas que pertenceram à alta sociedade do século 18 que é igual à do século 20. O café de onde te escrevo parece uma casa que a muito contragosto aceita se tornar um comércio e deixar de ser lar. Depois me fazia um resumo das suas atividades, um retrato dos seus amigos, seus colegas, seus professores. Também falava das suas viagens.

Conheci o mundo e pessoas através da sua escrita. Entre nós havia quilômetros e anos. A escrita encurtava tudo, com nossa correspondência compartilhávamos o que éramos: eu, uma adolescente aguerrida; ela, uma mulher em busca.

Mas as cartas eram apenas cartas. Havia momentos que eu precisava mais que isso.

Vivi a adolescência ao mesmo tempo que minha mãe vivia a menopausa. Eu pensava que, se minha irmã estivesse aqui, nada de ruim aconteceria, ela me daria conselhos ou acalmaria mamãe. Juntas: uma aliança. Demorei muito a entender que existem caminhos sem alianças. Uma pessoa é sua própria aliança.

Eu ficava empolgada com a ideia do seu retorno, imaginava que passaríamos o tempo juntas, que iríamos fazer compras enquanto seu marido e meus irmãos viam futebol. Cozinharíamos para todos, como quando ela era adolescente e eu, uma criança. Não sei, pensava em coisas que fazem os maridos, os irmãos e as mulheres.

Quando meses ou anos depois ela retomou a correspondência, as coisas já não eram as mesmas, suas cartas já não eram as mesmas.

Nós já não éramos as mesmas.

O que diz sua melhor amiga:

Acho que Paty e eu já tínhamos nos visto nos corredores da universidade, mas não ficamos amigas até estarmos juntas no conselho universitário. Tínhamos três coisas em comum: desejo de mudar o mundo, dezenove anos de idade e uma ingenuidade inacreditável.

Juntas nos encarregávamos do jornalzinho e de distribuí-lo pra lá e pra cá. Queríamos ser levadas a sério. Começamos escutando, escutando. Até que pouco a pouco aprendemos a ser escutadas.

No terceiro ano do curso já tínhamos formado um grupo suficientemente grande pra tomar a reitoria. Nos expulsaram com violência. Lembro de empurrões e de força. Insultos, pedras. Corremos sem olhar pra trás. Fugíamos do medo que ataca feito touro. Aquele medo que entra no corpo e te machuca. Existem cicatrizes que nada apaga.

Nossas famílias não sabiam disso, claro. Se chegávamos tarde é porque estávamos fazendo trabalhos, estudando pra uma prova. Até que descobriram panfletos, fotos num jornal, hematomas. Começaram as perguntas, preocupações, reprimendas e proibições.

Vivíamos numa queda de braço com nossas mães. Pra ver quem aguentava mais. Pra ver quem ganhava mais terreno. Pra derrubar a outra. Não me surpreenderia se tua mãe ou a minha agora dissessem o contrário.

Ela teve que buscar jeitos de sair e chegamos num acordo com os teus irmãos. Saíamos da tua casa, Edgar, Sérgio, Paty e eu; uma vez na rua, nos separávamos: eles para a farra deles, nós pra nossa. Combinávamos lugar e hora, eles me deixavam em casa e os três chegavam juntos, como se nada tivesse acontecido. Umas duas vezes foram com a gente, também tiveram que correr e desviar de pedras, levantar punhos e gritar. Ela dizia uma coisa que, de vez em quando, eu uso nas minhas aulas: às vezes é necessário crescer escondido. Acho que foi o que fizemos. Terminamos o curso, chegaram as oportunidades e as dificuldades. Os empregos de salário baixo pra mim. A bolsa e a primeira viagem dela. Ela foi embora e eu fiquei, terminei os créditos do curso com três meses de gravidez. Quando nos despedimos, ela me disse: não vai ter teu filho na biblioteca, mulher. Me abraçou, me segurou pelos ombros e ainda falou: primeiro acaba a dissertação, depois vai para as fraldas.

Me escrevia, sim.

Nas suas primeiras cartas me contava maravilhas da cidade e do campus, das suas peripécias com o idioma e de como estava feliz no mestrado. Depois contava que tinha novos amigos, falava das conversas nos corredores, das discussões inteligentes nas aulas. Passaram uns anos e ela já falava de doutorado.

Eu tinha tanta inveja.

Depois, cada vez menos cartas. Era de se esperar, ela tinha outra vida lá. A minha não tinha mudado. De repente voltou a escrever, cartas tristes, cartas cinzentas, comecei a me preocupar. Ela dizia que se sentia um nada, se sentia desmoronar, se via como só mais uma gota numa cidade onde nunca para de chover. Eu escrevia pra ela, tentava melhorar seu ânimo, mas as respostas tinham um tom cada vez mais amargo. Eu falava com ela quando podia, mas de repente meu discurso de apoio foi se transformando numa queixa, uma vez acabei dizendo pra ela parar de bobagem. Porque me parecia o cúmulo que ela reclamasse de viver sozinha em outro país enquanto eu seguia na casa dos meus pais, professora de uma escola pública, sem futuro e no clima mais árido do mundo.

Paramos de nos escrever.

Passou a realmente existir a distância. Me pareceu natural. Às vezes penso naqueles dias. Dias revolucionários, de debates, cafés à meia-noite, bebedeiras em estacionamentos, passeatas em frente à universidade, as pichações de fora reitor! Dias que nós duas nos sentíamos livres e vivas.

Livres e vivas.

O que diz seu ex-namorado:

Nossa, faz tempo que não me perguntam dela. Nem sei como começar.
O ensino médio. Sim, tudo começou no ensino médio.
Ali nos conhecemos e começamos a namorar.
Juntos aprendemos a andar na rua, fazer amigos, descobrir música boa.
Ouvíamos Santana, Pink Floyd, Bread.
Dançávamos Donna Summer nas festas.
O verão era pra nadar. Nos fins de semana a gente ia pras piscinas com os teus irmãos, com amigos, tínhamos sorte se conseguíamos ir sozinhos. Ver ela nadar no mar era incrível, uma braçada depois da outra, com suavidade, sem medo. Linda.

Nessa época o cinema tinha sessão contínua.
Vimos *Castelos de gelo* não sei quantas vezes.
Ela sempre chorava, e eu dizia: mesmo cega, aquela loira tem as melhores pernas. Ela ficava furiosa!

Os filmes de loiras patinadoras que ficavam cegas subiram de nível quando entramos na universidade.

Fazíamos longas sessões de Fellini, de Allen.
Debatíamos livros de filósofos, educadores, escritores.
Falávamos de viajar pra Europa enquanto tomávamos cerveja barata. Quantas vezes segurei o cabelo ou a bolsa dela enquanto ela vomitava tudo que tinha bebido numa noite.

Depois veio Marx. E com ele, a vida no conselho. Eu parei de sair com ela porque sempre tinha alguma coisa pra fazer, uma reunião, uma leitura, alguma coisa.

A greve estudantil.
A força estudantil.
A vida estudantil.

Mas eu não fazia parte de nada disso e, pro bem ou pro mal, era algo a que eu não queria pertencer.

Uma vez eu cuidei de um joelho esfolado, escondi ela na salinha dos professores, fiz companhia quando ela ficava brava ou raivosa por conta disso ou daquilo.

Teus pais me aceitavam, acho que eu era o namorado ideal. Tua mãe me disse que só eu conseguiria tirar ela de tudo isso, o que ela não sabia era que eu não me importava que ela ficasse nisso, pra mim bastavam os beijos e tocar nela por baixo da saia.

Nos separamos e não vi mais ela.
Não sei quantas vezes chamei de Patrícia as namoradas que tive depois.

Patrícia.
Patrícia.

O que diz sua ex-senhoria:

Ela se chama Lilian Penson Hall. Os quartos são pequenos, com banheiro privativo e janelas voltadas para o bairro mais antigo da cidade. O aluguel inclui as refeições. Há estudantes de outros países que... Sim, eu sei, ouvi tua pergunta, mas tudo é sempre uma oportunidade de negócio. Não me faltam clientes, mas um pouco de divulgação nunca é demais. Ia dizendo, aqui moram estudantes do mundo todo, rapazes e moças que, como tua irmã, vêm e vão. Claro que lembro bem dela, eu não esqueço de nada. Sei o nome de todos que passaram por aqui. Tenho tantas histórias sobre meus pensionistas que poderia escrever um livro, como você. Porque é isso que você está fazendo, certo? É pra isso essa entrevista, não é?

Hein, você está gravando?

Por via das dúvidas, faça anotações também.

Ainda que todos meus inquilinos tenham um lugar no meu coração, o caso da tua irmã é especial. Sim, claro, porque era latino-americana como eu, mas também porque eu sentia carinho por ela. Demorou muito pra fazer amigos. Sabia bastante de inglês, mas dava pra notar que ela ficava desconfortável. Era como ver uma criança caminhando com os sapatos da mãe.

Logo foi criando um vínculo forte com a menina da Bolívia, o rapaz da Jamaica, o casal de espanholas. Vínculos que, apesar disso, ela abandonou com facilidade depois.

Sim, quando conheceu ele.

Não, ele não morava aqui. Nossa, aquele não teria sobrevivido nem um dia na minha pensão. Porque eu fiz disso um lar e, como em todo lar, tem festa, briga, bagunça da boa. Temos noites de pôquer, noites de shows no telão, festas à fantasia. Claro, às vezes tem que se colocar limites, mas no geral eu me esforço pra que aqui não se tenha a sensação de dormitório militar, mas que seja mais parecido com uma casa de família. É que é dureza vir estudar aqui, com esse clima e esse povo, e olha que eu já estou aqui há muitos anos e sou residente legal, mas nunca vou me acostumar com a frieza, por isso coloco em prática carinho e aconchego. Digo mais, até pra xingar eu sou querida.

A tua irmã sentia muita saudade de ti, sabia? Falava de todos da família, mas mais de ti. Aliás, como estão os teus irmãos? Aquela dupla era um furacão. Foram bêbados divertidos aqui. Gostei deles. Fiquei com vontade de te conhecer, ela morria de vontade que te deixassem vir passar uma temporada com ela pra aprender inglês. Pra tomar cerveja morna, isso você teria aprendido, como todo mundo aqui.

A visita dos teus irmãos fez bem pra ela, antes disso ela estava com uma depressão terrível. Entre as aulas e o trabalho... Sim, a bolsa exigia que ela trabalhasse pra um professor e esse sujeito roubava todos os minutos do tempo dela. Então eu via que a escola, o trabalho e um pouco de solidão, suponho, ou o clima, esse clima de merda, deixavam ela muito triste. Eu entendia, comigo foi igual quando cheguei pra morar aqui.

Eu sugeria que fosse no serviço psicológico da universidade, porque ela dizia que se sentia estrangulada pela vida nessa cidade. Eu dizia sempre que era parte do processo de adaptação. Mas não me deu ouvidos, passava tempo demais pensando, indo da pensão pra universidade e vice-versa. Trancada no quarto, presa em livros, revistas, arquivos, números.

Estou dizendo, a visita dos teus irmãos ajudou, mas, assim que eles foram embora, ela desmoronou de novo. Então sugeri que ela aproveitasse o que restava do verão e viajasse. Pega a tua mochila, eu disse, faz o tour europeu. Consegui uma hospedagem baratíssima pra ela na Escócia e na Irlanda. O resto ela que foi atrás. Tirou um monte de fotos, devo ter algumas guardadas por aqui ainda.

Voltou feito nova pro semestre. E não ficava aqui nos fins de semana, organizava pequenas viagens por aqui e por ali com outros inquilinos. Me enviava postais, era engraçado, ela sempre chegava antes deles. Eu dizia: Patrícia, adivinha quem me escreveu lá de Bath. E ela respondia: não diga, a estudante estrangeira que ainda confunde o Atlântico com o Pacífico e o norte com o sul.

Então uma dessas viagens levou ela pros braços de Sayyib.

Não sei explicar, mas, quando eu vi eles juntos pela primeira vez, senti uma coisa. Talvez fosse só preconceito da minha parte. E você pode não acreditar, mas, apesar de eu saber meu lugar e que não era ninguém pra meter a colher, tentei alertar a Patrícia pra ela ir devagar, que fosse cuidadosa, que conhecesse ele melhor. Mas acabou que ele era tão encantador que acho que até eu caí na armadilha. Gentil, respeitoso. Não bebia, não fumava, não ficava aqui pra dormir com ela.

A tua irmã estava apaixonada. E é verdade que ele adorava ela, era bonito ver a forma que ele acariciava a bochecha dela quando ela falava, a atenção que ele dava às inquietações da Patrícia. Sayyib era um grande conversador, podia passar horas contando histórias sobre o Império Otomano. Encenava batalhas, cantava baladas antigas, recitava de cor fragmentos de poesia sufi. Eu sei disso porque ele fazia tudo isso na sala de estar, independente de quem estivesse ali.

Olha, eu não tenho nada contra as pessoas religiosas, mas quando os relatos históricos foram se transformando em capítulos do Corão, comecei a me preocupar. Ela, é claro, me ignorou totalmente. É assim que ficamos quando estamos apaixonadas, protegemos o que é nosso como leoas. Quem saberia melhor que eu, que tive três maridos, um pior que o outro?

Nem a minha mãe eu deixo se meter na minha vida, ela me respondeu. Muitas vezes me pergunto se eu devia ter telefonado pros teus pais, mas não, simplesmente não tive coragem. Afinal de contas, eu era apenas a Lilian da pensão.

Ele começou a não gostar desse lugar, dizia que todo mundo bebia, que tinha excessos demais, que era o centro dos pecados. Claro, era mesmo. Aguentou o quanto pôde. Foi de um dia pro outro. Se casaram pra morar juntos, sim. Mas se casaram porque não se imaginavam separados. Juro que bastava ver os dois pra entender que pertenciam um ao outro.

Patrícia sequer se despediu, deixou mais da metade das suas coisas aqui. Eu guardei por um tempo; na minha cabeça, isso não ia longe e ela voltaria. Mas não foi assim.

Sim, fui eu que enviei as coisas dela pra vocês, o que tua irmã deixou no quarto quando abandonou a pensão. Tivesse sido um desses inquilinos que vão embora sem pagar o mês, eu teria doado tudo. Mas não sei, me coloquei no lugar dos teus pais e mandei a caixa. Mandar era fácil, receber com certeza não.

O que diz papai:

Eu soube desde o começo.
Desde que chegaram todas aquelas caixas. Vocês todos estavam contentes. Diziam: papai, vem ver os presentes que a Paty mandou. Aquilo não eram presentes, eram migalhas. Eram os vestígios da vida dela antes de casar com aquele idiota. A tua irmã deixou tudo aquilo nas caixas pra se desfazer de si mesma e virar outra. Eu falei e vocês não acreditaram.
O tempo me deu razão.
Imagino que você tenha ligado o diabo do gravador, não?
Esse casamento significou a união dela com o fanatismo. Porque, digam o que quiserem, pra mim parece um fanatismo. Eu já vi eles na televisão. Lá estão, rezando não sei quantas vezes por dia, pedindo salvação enquanto cobrem suas mulheres com lençóis e explodem vilas inteiras sob qualquer pretexto, tudo em nome de deus. Isso é coisa de quem não tem nem dois neurônios.
É o que eu sempre digo pra tua mãe.
Ela diz que eu não posso me deixar levar pela televisão ou pelo jornal, que nem tudo é assim. Não quer

entender. O que eu acho é que uma filha que caminha atrás do marido, renega sua cultura e sua família, sendo que antes alardeava feminismo, não é uma pessoa normal. E se era isso que ela queria, ser a senhora obediente, melhor que tivesse casado com um fracassado qualquer dos que tem aos montes por aqui.

Não importa o quanto a gente se esforce pra dar uma vida boa pros filhos, eles sempre dão um jeito de colocar tudo a perder. O tanto que pagamos de viagens, de estudos, pra acabar desse jeito.

Tua mãe diz que o problema foi que demos liberdade demais. Eu digo que o problema é que sempre acreditamos que era mais inteligente do que de fato era.

Escuto meu pai sem olhar nos seus olhos, finjo que escrevo alguma coisa, mas na verdade faço rabiscos sem sentido. Tenho vontade de dizer: e sente saudade? Mas não quero ouvir sua resposta, seja qual for.

Quer dizer algo mais? Papai faz que não com a cabeça, e eu sei, sem que ele diga, que quer que eu vá embora e leve comigo o diabo do gravador.

Vou embora logo com a porcaria do meu gravador.

O que digo eu:

Casas, as pessoas abandonam casas e o que existe dentro delas. Minha irmã abandonou
   casas e móveis
       roupas e irmãos
           namorados e cidades
               países e nomes com
               sobrenome e tudo mais.
                     Não se planeja isso.

Não acho que algum dia minha irmã acordou e se disse: hoje eu vou abandonar tudo. É uma coisa que simplesmente acontece. Circunstâncias que obrigam a tomar decisões, decisões que obrigam a abandonar tudo.

Me pergunto se ela lamenta. Outras vezes penso que ela sempre estaria disposta a fazer tudo de novo e abandonar
   casas ou móveis
       irmãos ou gatos
       o que estivesse ao seu redor.
       Abandonar tudo.

Ela decidiu viajar a países distantes, onde o idioma é outro e a vida é outra.

Ela decidiu viver assim e, para viver assim, teve que abandonar o que era antes. Ele foi a última pessoa que a viu sem véu, ele foi a primeira que a viu com ele.

Isso ela chama de amor.

O que diz meu namorado:

Quando você falou da tua irmã outro dia, eu não quis dizer, mas, enfim, os teus irmãos já tinham me contado. Quando escuto isso que você contou agora da tua irmã, eu penso na minha. Eu tive uma irmã, já te disse? É que eu também não falo dela com qualquer um. Falar dela é abrir uma ferida. A minha irmã também se apaixonou, também abandonou tudo e se abandonou totalmente por ele.

Nos deixou de lado. Deixou tudo de lado. Estudos-família-amigos-trabalho. Tudo.

Morava na mesma cidade que os meus pais. Passava os dias em casa, com ele ou sem, mas em casa. Naquela época, eu era uma besta que não entendia nada. Não pensava no que estava acontecendo com ela ou com a minha família. Foi como se eu tivesse bloqueado, estava com raiva. Como não estaria, se ela tinha abandonado tudo por um homem? Não tinha aprendido o suficiente vendo mamãe e papai? Tínhamos combinado que seríamos diferentes.

Ele sufocou ela. Não, não digo metaforicamente. Um dia me ligaram. É Mario Becerra, o irmão de...?

Eu disse que sim. Não localizamos os seus pais, me disseram. E eu já imaginei alguma coisa ruim, mas não. Era pior.

Me lembro do terror, imagina, tinha que ir reconhecer um corpo pra confirmar que sim, que aquela mulher era a minha irmã. Ali estava seu corpo sem vida, sem ar, sem cor. Um corpo sem minha irmã. Também fui eu que tive que dar a notícia pros meus pais. Como se diz a uns pais que a única filha deles morreu, que morreu nas mãos de quem supostamente amava ela?

Não, eu não estava escondendo de você. Na verdade, é algo que escondo de mim.

Não quis comentar antes, não encontrava o momento ou um motivo pra contar. E se conto agora é porque acho que você deve considerar isso: a minha irmã foi um pouco como a tua. Tudo bem que a minha irmã não mudou de nome nem de religião. Minha irmã não foi pra outro país nem adotou outro idioma. Minha irmã não fez nada disso e, ainda assim, parece tudo igual. Pensa quanto tempo faz que vocês não se veem, pensa quanto tempo se passa entre uma carta e outra dela.

Eu entendo a tua dor, acredite. Entendo essa sensação de impotência, mas você não pode ficar andando em círculos. Vai, escreve, tudo bem, mas escrever é só metade do caminho. A outra metade você que precisa andar.

Entende?

Por que você não diz nada, por que não me diz nada? Sabe de uma coisa? Se tenho uma reclamação pra fazer disso que a gente tem, você e eu, isso que você não quer rotular, é que você não me conta tudo quando eu sei que você tem algo a dizer.

É você que fica quieta, Syl, você que está distante.

Claro, claro que me machuca, o que eu não daria pra dizer que temos uma relação, o que eu não daria pra morarmos juntos.

O que diz uma revista:

A mulher fica isenta de participar das orações coletivas. Mas, se participa delas, se mantém em filas separadas, formadas exclusivamente por mulheres. Assim como as crianças se agrupam em filas separadas atrás dos adultos. É uma norma de disciplina na oração, e não uma classificação por importância.

Não se permite que nenhum homem ou mulher toque o corpo de uma pessoa do sexo oposto durante a oração. Por isso, para evitar perturbações e distrações, para ajudar a se concentrar na meditação e nos pensamentos puros, para manter a harmonia e a ordem entre os fiéis, para cumprir os verdadeiros propósitos da oração, se organizou a ordem de filas com os homens ocupando as primeiras fileiras, as crianças atrás deles e as mulheres depois das crianças.

A ordem pretende ajudar todos a se concentrar na meditação. As orações não são apenas cantadas, mas envolvem movimentos, estar de pé, fazer reverências, agachar-se, etc. Se os homens se misturassem às mulheres nas mesmas filas seria possível que algo os perturbasse ou roubasse sua atenção.

O que dizem os livros:

Aisha é uma figura importante para o Islã. Foi uma das esposas do Profeta. Casou-se quando ele tinha cinquenta e três anos e ela, seis. Consumou o matrimônio aos nove anos. Morreu aos dezoito. O casamento com menores não é algo bem-visto dentro da religião, mas, neste caso, foi levado adiante sob circunstâncias excepcionais: o Profeta queria estabelecer laços com o pai de Aisha.

Apesar de ser apenas uma criança, ela aceitou seu casamento com orgulho. Sua entrega era absoluta, sua obediência, total. Abandonou as brincadeiras infantis em nome da vida ao lado do Profeta. Levou suas bonecas na mudança. Nas Escrituras, há uma passagem onde Aisha explica: não lembro de acreditar em qualquer outra religião que não a Verdadeira Religião, não passava um dia sem ser visitada pela Caridade do Misericordioso.

Assim como os das outras oito esposas do Profeta, o nome Aisha é considerado virtuoso, e é uma honra para toda mulher ser batizada assim.

O que diz minha orientadora:

Então você tem uma irmã muçulmana. Isso deve ser muito estranho. Ela se chama Aisha? É bonito. É um nome bonito. Ainda que não faça sentido, é um nome bonito. Significa aquela que vive? Uau, isso sim soa importante. Ela é aquela que vive. Vive. É o que importa, não? É o que dizem o tempo todo. Viver é o importante. Ainda que não pareça. Assim é. Certamente os teus pais não acham que ela vive, mas é que os pais nunca gostam de nada. Lembra quando eu disse pros meus que ia estudar jornalismo? Não gostaram nada. Foi assim com os teus? Não sei por que se atormentam tanto com a ideia. Bom, claro, essa profissão tem seus riscos. Uma mulher, no jornalismo, não vive, sobrevive. E antes que você pergunte, já digo. Sim, por isso eu saí do jornal e comecei a dar aulas. Mas a gente nunca abandona as coisas completamente, qualquer hora dessas volto pros velhos hábitos. Não acha que pode ser o caso da tua irmã? Pode ser que algum dia ela decida deixar tudo pra trás e... Tem razão. Além disso, não é fácil desfazer os passos.

E você escreveu sobre isso? Não, não um artigo; um livro, dá pra um livro.

Estou pensando em tantos filmes e documentários que poderiam te ajudar. Porque o Islã é só a ponta desse grande iceberg onde a tua irmã congelou a vida dela. Algum dia, quando você já tiver defendido essa dissertação e se sentir pronta, conversamos. Essa é uma escrita que não convém fazer sozinha. Te digo por experiência própria. Não devemos deixar as nossas ideias ficarem numa gaveta. Como a tua dissertação, sim. E viu? Juntas estamos avançando nela. Por falar nisso, você precisa se concentrar nesse capítulo. Encontrei aqui dois pontos que valem a pena você se aprofundar um pouco mais.

O que diz a irmã de Sayyib:

Pelo que vejo na sua carta, você tem muitas perguntas, mas não sei exatamente como responder, estou há dias pensando. Acho que é melhor te contar sobre a minha família, falar sobre ele, e talvez assim você tenha alguma resposta.

Sayyib nasceu com sete meses. Sempre pensei que por isso minha mãe cuidou dele mais que de todos nós. Sempre teve privilégios. Não precisou passar temporadas no campo cuidando dos avós. Não precisou trabalhar com o papai. Não precisou se esforçar nunca. As decisões dele: sempre respeitadas. Mesmo que suas ideias estivessem em desacordo com a religião ou com os costumes da família, ninguém dizia nada. Como quando trouxe a sua irmã. Meus pais jamais teriam aceitado uma nora estrangeira e ateia, mas como se tratava de Sayyib...

Estavam casados há uns dois meses quando chegaram. Ninguém sabia do casamento. Quando minha mãe me explicou como e onde tinha conhecido ela, perguntei: e vocês vão aceitar? Eu sabia a resposta de antemão, o teu irmão sabe o que faz.

Sayyib saiu do trabalho na madraça e meus pais não questionaram a sua decisão, apesar das consequências que isso teria na família, porque: ele sabe o que faz. Vendeu as terras dos avós num péssimo negócio e ninguém tentou impedir, porque, ora, ele sabe o que faz. Se eu fizesse uma lista de todas as vezes que meu irmão sabia o que fazia... Suponho que tenha ficado claro que eu e ele não nos damos bem. Temos um mundo de diferenças.

Ela era muito distinta do que eu esperava. A princípio me surpreendi ao vê-la vestida com o hijab. Meu irmão tinha batizado ela antes de vir pra cá e tinha escolhido o nome de uma das esposas do Profeta pra ela. Claro, não podia ser um nome qualquer, tinha que ser Aisha.

Aisha é sua nova irmã, me disse Sayyib. Estendi a mão e, antes que eu pudesse abraçá-la, minha mãe se aproximou e disse: vem, agora você é nossa filha. Aisha era jovem e estava disposta a entregar sua alma e sua obediência. Aprenderia a ser a esposa que meu irmão queria. A filha que meus pais sempre desejaram. A que eu nunca fui. A que nunca serei.

Comecei a ir às aulas na madraça quando tinha nove anos e não entendia por que meu irmão de doze não ia comigo. Porque as meninas amadurecem antes, me dizia papai, e eu me sentia orgulhosa de ser mulher, de ter amadurecido antes. Descobri depois que a idade obrigatória pros meninos é aos treze, a essa altura, nós, meninas, já estávamos há quatro anos estudando as escrituras e repetindo de cor versos que não entendíamos.

O véu amassa o meu cabelo e me dá coceira na cabeça, eu disse um dia, por que tenho que usar?, minhas tias não se cobrem quando estão dentro das suas casas, por que mamãe e eu sim? Foi a primeira vez que meu pai me bateu. Se tornou um hábito. O meu, perguntar; o dele, castigar. Das mãos dele recebia mais golpes que afagos. Porque eu conversava com os meninos da vizinhança ou porque espiava pela cortina no templo ou porque corria pra falar com o imã quando terminava o culto. Ou só porque sim. O medo de apanhar e de ser repreendida nunca me segurou. O problema nunca foi a religião, mas meu pai. Levava tudo ao extremo, como Sayyib.

Meu refúgio era a casa das minhas primas. E papai não podia me proibir de ver as filhas do seu irmão mais velho. Elas iam e vinham, planejavam estudar, seguir carreira. Se cobriam na rua, no templo, mas não em casa. Meu tio não parecia ter problemas com isso, era só papai que via as coisas de outro modo. Entre a infância e a adolescência, li todos os livros que pude. Os livros que quis. Abri portas, fiz perguntas e busquei respostas. Chegou um momento em que simplesmente fui com minhas primas estudar na universidade.

Quando admito que sou muçulmana, as pessoas sempre me perguntam: e por que não cobre o cabelo como as outras? Antes eu costumava dizer: porque não sou como as outras. Agora só respondo: cubro quando vou ao templo. O que, devo dizer, acontece uma ou duas vezes ao ano.

Já não cubro meu corpo nem minhas ideias, falo em voz alta, caminho rápido e nunca atrás de um homem. Mas todos os dias desenrolo o mesmo tapete que minha mãe me deu de presente aos nove anos, apoio nele minha testa e rezo. Sim, rezo. Eu não renego a fé. Renego meus pais. Espero o mesmo das minhas filhas.

Ai, você me escreveu pra perguntar sobre tua irmã e nesta carta acabei contando tudo de mim. Mas acho que o ponto onde quero chegar é que meus pais encontraram em Aisha uma filha. Se você quer saber, não me incomodou absolutamente, não invejo sua vida. Pelo contrário, nunca entendi por que ela escolheu essa vida. Sayyib não gostava que ela conversasse comigo, decerto sou uma má influência. Mas, quando era possível, nos divertíamos bastante juntas. Ela falava da sua família, falava de você. E imagino que ela tenha falado pra você de mim. Ainda te escreve com frequência? Nós não vemos ela há um ano e meio.

Essa é outra longa história.

Quando penso nela, me lembro dos sapatos que tinha nos pés no dia em que chegou na nossa casa. Eram novos, bonitos. Um brilho deslumbrante, o brilho do recém-chegado. Eram como aqueles sapatos que colocam nas crianças no primeiro dia de aula. Na última vez que encontrei com ela, estava com os mesmos sapatos. O tempo tinha atropelado eles. Estavam acabados. Como ela, que estava de luto. Seu rosto não era o mesmo de quando a conheci.

Enfim, espero te ler em breve.

Sahure

O que diz minha irmã:

Minha irmã telefonou ontem. Deu duas notícias. Que estava grávida e que tinha perdido o bebê. Era uma menina. Sou uma ilha de tristeza, disse ao telefone. Mamãe perguntou como estava Sayyib. Bravo, triste, bravo. Não perdoa.
Não perdoa ou não *se* perdoa? O que disse?
Nasceu uma neta e morreu uma neta, penso.
Mamãe então desligou o viva-voz e continuou falando com a minha irmã. Com gestos me pediu a caixa de lenços de papel, depois seu caderninho e uma caneta. Conversaram por um longo tempo.
Quando desligaram, mamãe anunciou que minha irmã tinha convidado ela pra uma visita. Um mês, poderia ir por um mês, o que acha, David? Papai respondeu: como quiser.

O que diz a internet:

O rito funerário muçulmano consiste no seguinte:
- *Após o falecimento de um muçulmano, durante as primeiras horas, os membros da família do mesmo sexo passam a banhar o corpo. Se o corpo está em más condições, pode-se chamar uma casa funerária para realizar, se necessário, o serviço de preparação.*
- *Após o banho, envolve-se o corpo em um tecido simples de algodão branco chamado kafan. Só aqueles considerados "heróis" podem ser enterrados com a roupa que morreram.*
- *O próximo passo é a oração. Amigos e pessoas próximas podem dar as condolências à família do falecido. O corpo é transportado a um lugar ao ar livre, onde serão feitas as devidas orações. Essa cerimônia será guiada por um imã.*
- *Então segue-se o enterro, chamado al-Dafin, que tradicionalmente é realizado sem caixão.*
- *Ao local do enterro só podem comparecer os homens.*

O que digo eu:

Passo dias pensando em Sayyib, o *aquele homem*, como dizem mamãe e papai.

Imagino que sempre tenha se vestido com decoro e asseio. Se penteia desde criança com a mesma linha pro lado, com cuidado. Posso vê-lo com as unhas bem cortadas e limpas. Sempre na linha, o vinco das calças, desde a cintura, passando pelos joelhos e indo até os tornozelos, perfeitamente marcado. Quando fala, não gagueja, reflete sobre cada uma das suas palavras antes de pronunciá-las. Nunca uma mancha, nunca um amarrotado. Ordem e perfeição. A aparência é tudo pra ele.

Provavelmente era dessas crianças que não se sujavam com terra nem com doces. Suas brincadeiras não eram em quintais ou praças, mas no seu quarto. Imagino ele rezando com uma devoção igual a ninguém. Ninguém imaginaria o que ele é na realidade íntima. Ninguém acreditaria que ele seria capaz de se exaltar, levantar a voz, insultar. Ninguém nunca acreditaria que ele seria capaz de levantar a mão pra alguém.

Nisso estou pensando quando mamãe, que agora está com minha irmã, liga pra casa para nos avisar que minha irmã está no hospital com o nariz quebrado. Nisso estou pensando quando mamãe não sabe como explicar o que aconteceu. Diz que quer trazer nossa irmã de volta. E ela quer voltar?, pergunta papai. Não sei, diz mamãe. Meu pai então desliga o viva-voz e fala com minha mãe sobre coisas que só poderei tentar adivinhar.

Sayyib telefona dois dias depois, ninguém além de mim consegue conversar com ele, me diz que tiveram uma discussão, que não passou de um acidente, que minha irmã está bem, que não há motivo para preocupação. Me diz que a visita da minha mãe estressou muito minha irmã, que talvez seja melhor antecipar o retorno. Posso falar com ela ou com a minha irmã?, eu digo. Minha mãe, com uma voz que não conheço, diz que já vai voltar, que não há nada pra fazer.

Nada pra fazer.

O que dizem seus objetos:

Quando mamãe se sente mal, quando está irritada, triste ou ambos, ela começa a limpar. Mal voltou da sua viagem à Turquia e acordou cedo com toda a disposição de limpar a casa de cima a baixo. Determinou também que a gente faça mudanças na casa.

Meus irmãos não moram mais aqui há um ano e mamãe decidiu que o quarto deles será o novo quarto de visitas. Que visitas?, pergunto, mas não me responde. Talvez ela ainda acredite que algum dia minha irmã voltará, ainda que seja assim, de visita.

Estamos nessa tarefa, movendo e removendo coisas, desmanchando um quarto para transformar em outro, quando mamãe tira do roupeiro uma caixa que diz *Coisas da Patrícia*. De cara eu pergunto o que tem ali. Mamãe olha para a caixa e diz: não sei, coisas dela. Vem aqui, pega e coloca naquele armário.

À noite, quando mamãe e papai estão dormindo, trago a caixa para o meu quarto. Fecho a porta à chave, como se fosse uma criança fazendo algo proibido. Me acomodo no tapete, observo a caixa à minha frente.

Começo a escavar seu interior.

- Quatro cassetes de Kate Bush.
- Dois do The Police.
- Um dos Talking Heads.
- Uma capinha vazia de Emerson, Lake & Palmer.
- Uma foto de toda a família ao lado da árvore de Natal.
- Dois cachecóis.
- Uma pasta com documentos da faculdade, entre eles, um rascunho da sua dissertação.
- Dois dicionários, um inglês-espanhol, um inglês--turco. Há palavras sublinhadas e anotações nas margens.
- Fotos, muitas fotos: paisagens, pessoas, ruas, ônibus de dois andares, lagos, montanhas... Só em duas ela aparece.
- Um exemplar de *Nossos corpos por nós mesmas*, os corpos nus das mulheres rasurados completamente.
- Um livro com o título *An introduction to Islam*, também sublinhado e com anotações.
- Um maço de folhas escritas a mão. Reconheço facilmente a letra da minha irmã, mas não reconheço minha irmã.

Chamo meu namorado e falo de tudo isso. Ele, como sempre, me escuta. Leio o texto que encontrei. Digo: isso foi escrito pela minha irmã. Mario lê em voz alta.

O que diz minha irmã:

Você deve acreditar que existe apenas um Deus. O clemente, o misericordioso. Você deve acreditar na sua autoridade absoluta. Não há outra divindade, exceto Ele. Deve temê-Lo e respeitá-Lo. Deve entregar-se inteira. Honrar o Profeta, seu único mensageiro. O portador da Palavra Única. Soberano no Dia do Juízo. Ele te indicará o caminho depois da morte. Deve adorá-Lo. Deve entregar-se inteira. Nossa existência significa submissão. Deve rechaçar a decadência e o desejo. Deve entregar-se inteira. Você tem que fazer das Escrituras sua leitura diária. Tem que praticar os pilares da nossa religião: fé, purificação pessoal, peregrinação e oração. Tem que orar quatro vezes por dia na língua da Revelação. Tem que jejuar um mês por ano, da madrugada até o pôr do sol. Tem que se entregar ao seu esposo. Tem que dar a ele todo seu respeito, vestir-se com modéstia e dignidade, demonstrar obediência e doçura. Tem que cobrir seu corpo, seu cabelo, sua boca, você é um direito exclusivo dele. Deve entregar-se inteira. Tem que acreditar nos nossos símbolos ou cair no fogo incandescente.

Tem que acreditar porque Deus é o maior. Tem que repetir: Deus é o maior.

Deus é o maior.

Deus é o maior.

Deus é o maior.

Para receber o Senhor, você precisa realizar o ritual da ablução.

Primeiro é necessário limpar a mente e o coração de pensamentos e preocupações mundanas, é necessário concentrar-se nas bendições que Ele nos deu.

Depois, é necessário lavar as mãos, o rosto, esfregar os braços até os cotovelos enquanto diz: "Sou testemunha de que não há deus além de Deus, não há outro como ele. Sou testemunha de que há um único Profeta, de que ele é Seu servente e mensageiro. Sou testemunha de que só há essas Escrituras, que tudo dizem e tudo sabem".

Essa purificação é tanto espiritual quanto física. O objetivo das abluções é que a mente e o corpo estejam completamente limpos para receber a presença de Deus.

O que digo eu:

Essa era a cena mais comum: uma penteando a outra. Havia puxões, gritos, não te mexe, não puxa, vem aqui, quero sair assim. Brigávamos muito. Por nada, brigas por nada. Como poderiam se dar bem duas irmãs que tinham mais de catorze anos de diferença? Brigávamos por tudo e por nada. Na rua, quando andávamos juntas, as pessoas pensavam que Patrícia era minha mãe adolescente.

Ela odiava.

Quando ela saía, eu fazia o que toda irmã menor faz: pegava suas roupas e maquiagens e seus sapatos de salto e seu brilho labial. Fingia que conversava ao telefone com um namorado imaginário. Brincava de ser ela.

Agora, simplesmente tento descobrir o que significa se transformar nela.

Trabalho seis dias por semana, oito horas por dia. Uma rotina que toma muito tempo e energia, mas ainda assim busco intervalos e espaços para ler, para procurar, para escrever. Quero saber. Morro de vontade de saber. Faz uns dias, por exemplo, me enviaram ao

Centro para Mulheres Vítimas de Violência. Supostamente deveria averiguar como o centro atua, de onde recebe apoios, como ajuda a sociedade e, é claro, acabei fazendo perguntas que não eram da minha conta. Como são as mulheres que vêm para cá, que idade, que classe social, que nível de escolaridade, como chegam, o que faz elas pedirem ajuda, que tipo de casos vocês recebem que...? A gerente me disse que, se eu quisesse e as mulheres permitissem, poderia fazer uma entrevista mais longa. Dá pra notar que o assunto te interessa, por que não volta outro dia? A única coisa é que você não pode é usar nomes reais.

Digo que sim, prometo voltar.

Quando saio do escritório, vejo no pátio uma mulher de uns trinta e tantos anos, sentada num banco, escovando o cabelo de uma menina que poderia ser sua filha. Não há puxões, gritos, nada de não te mexe, não puxa, vem aqui. É um ato de afirmação, de amor, de puro amor.

Entro no carro e penso na minha irmã e na filha que perdeu.

Penso na irmã que perdi e no buraco que ela deixou na minha família.

Suponho que se amavam. Que por isso largaram tudo. Com certeza ele dizia vou te fazer feliz. A mais feliz. E ela sabia que seria assim. As mulheres são assim, diz mamãe, nós nos deixamos levar pelas promessas. Com certeza ele não pediu que ela se convertesse, ela que decidiu, para agradá-lo, para agradar-se. Para merecer. Para merecer o quê? Para amar o quê?

Imagino ela dedicando tardes inteiras para conversar sobre as Escrituras com ele. Minha irmã sempre tão disposta a aprender. E com ele aprendeu a ser outra, a crer num Ser Supremo, a baixar a cabeça, a calar, a receber uma bofetada, depois outra. Nem Deus, nem profeta, nem religião a salvariam de um homem.

You catholics always see problems as problems, me disse Sayyib uma vez que os acompanhei num passeio pela cidade. Minha irmã não disse nada. Eu respondi: I am not catholic, I am nothing. Ele me olhou e disse: Just like your sister. Nothing.

Digo à minha mãe que Mario e eu vamos morar juntos e ela dá um grito e bate a porta duas vezes. Ou o contrário.

Depois, numa tentativa de se mostrar calma, me diz que entende que estamos apaixonados e queremos viver isso, mas, filhinha, se você tem tanta vontade de estar com ele, por que não casam e pronto? Façam as coisas direito, como deve ser. Respondo que não com a cabeça e ela continua, uma cerimônia pequena, só gente muito próxima e pronto. Não conto que Mario me pediu justamente isso, que a gente se case; digo o mesmo que disse a ele, que temos que fazer as coisas sem pressa, experimentar primeiro. Mamãe entende menos que Mario.

Mamãe: na minha época não se experimentava.

Eu: isso mesmo, na sua época.

Começamos a discutir. Ela me diz que não concorda com o modo como estou fazendo as coisas, eu digo que quando Sérgio foi morar com a namorada ela não disse nada. Ela me relembra que é diferente. Eu a relembro que não é. Começamos a levantar a voz.

Quando discuto com ela, sempre, invariavelmente, me pergunto o que teria feito minha irmã numa situação assim. Chego a me perguntar como seria se Patrícia morasse a quinze minutos, se telefonasse a cada tanto, se viesse em casa pedir uma panela à minha mãe, ou uma toalha de mesa, se chegasse muito tarde ou muito cedo para as festas de aniversários ou os Natais, se fizesse parte da preparação da ceia de ano-novo. Ninguém em casa fala nisso, mas provavelmente todos lamentam que não seja assim. Inclusive papai.

Imagino ela nesse instante me dizendo que, se vou morar com Mario, não posso levar nada das suas coisas. Respondo: mas se você já não mora mais aqui, o que você deixou, deixou e pronto. Vai alegar que não deixou nada, que são coisas que simplesmente não levou. Depois vai me perguntar: por acaso essa blusa não é minha? Vou sorrir como a menina travessa que já não sou, mas com ela sempre serei, e ela me dirá que é bom que eu lave a blusa antes de devolvê-la. Agora está à minha frente me lembrando que esse creme é o hidratante e o outro é o de limpeza, quantas vezes tem que repetir? Diz de novo que tenho que parar de roer as unhas, e eu vou tirar o dedo da boca.

Imagino ela pedindo que eu diga de verdade por que não quero casar com Mario, é porque não estou segura do que sinto? Ou é porque tenho medo? Vejo ela pegando minha mão e dizendo que ela, por experiência própria, sabe bem que é melhor não se precipitar. Então se eu não quero casar, que não case, que siga minha intuição. Também ouço ela gritando para mamãe que não pode meter a colher na vida dos seus filhos o tempo todo, dizendo a ela que nos deixe crescer, sinto ela me puxar pelo braço, me arrastando ao quarto que costumávamos dividir para que possamos conversar só nós duas, de irmã para irmã.

Como seria minha vida se ela não tivesse partido? Me ajudaria a decidir o que fazer, como resolver essas discussões com mamãe? Me ajudaria a fazer com que ela entendesse que quero morar com Mario? Talvez não, talvez não fizesse nada. Também existem irmãs que não fazem nada. Eu, por exemplo.

No fim das contas, ela não está aqui, e é como se nunca tivesse estado. Minha irmã desaparece. E não fiz nada para evitar. Não importa que eu não tivesse os meios e as ferramentas para evitar, não importa. Minha irmã desaparece mais e mais, e eu não quero.

Este apartamento continua parecendo mais um escritório, diz Mario.

Suponho que ele quer realmente dizer que o apartamento parece mais *meu* escritório do que *nosso* apartamento. Ele beija minha testa, faz um carinho no meu cabelo e me deixa seguir fazendo minhas coisas. Minhas coisas significa *isto* que faço sobre minha irmã. O caos que são este projeto e minha vida. Está tudo por todos os lados. De um lado, está o que não terminei de desencaixotar desde que nos mudamos pra cá, há uns dois meses. Do outro, meus papéis. Na sala de jantar estão cadernos, fotos. Na mesinha de centro estão documentos variados. Na poltrona em frente à televisão, mais um monte de papéis que juntei para o meu livro.

Sim, escrevo um livro.

Escrevo o livro da minha irmã.

O livro de Aisha.

TRÊS

Mamãe me conta que com frequência sonha com a minha irmã. Sonha que está ao seu lado, que tem dois filhos e que correm por todos os lados. Conversam, tomam café, tricotam juntas. Depois se despedem, sua filha e seus netos beijam sua bochecha, dizem tchau e prometem voltar no dia seguinte. Esses sonhos presenteiam mamãe com manhãs tranquilas, tardes sem preocupação, permitem que ela sonhe que um dia as coisas serão assim. Normais, enfim.

Noutras noites, os sonhos são pesadelos, filha.

Mamãe escuta gritos em turco do outro lado da porta e, ao abrir, encontra sua filha sacudida pelas palavras e pela força de Sayyib. Diz que no sonho ela tenta tirar a minha irmã do quarto, mas não consegue porque é segurada por ele. Imagine eu sozinha contra aquele homem. Diz que o que a angustia no sonho é que as crianças não estão ali, e eu fico perguntando pra tua irmã, onde estão as crianças, onde estão? Diz que é tomada por uma necessidade de procurar por eles. Chama, grita, mas os corredores só devolvem silêncio.

Não é necessário descrever a cara da mamãe enquanto me conta isso.

Quando perguntam a ele da sua infância, papai menciona todos, um por um dos seus amigos, o Tubarão, a Meche, a Nena, o ruivo Sánchez. Depois dá um relatório do que faziam, em que lugares e a que horas. Os jogos do Atlante, passeios a Ajusco, bebedeiras em todas as cantinas do centro.

Se o assunto for cinema, contará sem problemas como era o cinema Hipódromo e como, naquela escadaria, pediu minha mãe em namoro. O que ela vestia, o que ele vestia. Como olhou para ela, como segurou sua mão, como pediu que fosse sua namorada.

Gosta que perguntem sobre seu nome, dizer que é herança daquele avô que esteve a três cavalos de distância de Zapata por meses e meses. Fala da sua mãe, e quem escuta sente que a conhece, que ela está ali cantando aquela música que ele tanto gostava. Ainda que ele quisesse, seria incapaz de escrever sua vida, de tanto que há nela. Na sua boca nada é breve. Quem escuta sente os perfumes, reconhece as texturas, viaja, enfim, através da memória dele. As imagens se acumulam na mente do mesmo modo que isso que escutamos na sua garganta enquanto fala. Meu pai narra melhor que todos na família.

Mas quando perguntam pela sua filha mais velha, ele apenas se cala. Não tem nada a dizer. Sua cabeça se move em negativa. Seu corpo em não. Um rotundo e seco não. Papai retorna ao silêncio. Um silêncio que derruba.

Uma mulher não encontra obsessões, as obsessões a encontram.

Minha carreira e minha irmã compartilham meu tempo, minha cabeça. É difícil saber quanto exatamente dedico a cada uma. Às vezes são uma coisa só. Como quando fui com Mario para San Diego. Fomos lá para o congresso sobre jornalismo na fronteira e, em vez de ir em todos os painéis com ele, eu matava mais da metade das sessões e me sentava para escrever.

Estava nisso, trabalhando no café do hotel, quando vi uma mulher vestida como minha irmã. Primeiro pensei em me aproximar, fazer algumas perguntas e entender o processo completo de se vestir assim. Ela foi embora e na minha cabeça surgiu um projeto. Fiz algumas perguntas para a moça da recepção, ela me deu a lista telefônica, fiz alguns telefonemas. A emoção de um plano em andamento.

Cheguei numa loja gigante. Observei os produtos enquanto um homem, provavelmente o dono, me olhava com receio. Tentei puxar conversa, where are you from?, perguntei. Here, me respondeu incomodado. Primeiro erro.

Continuei olhando. Encontrei alguns véus. Pedi ao homem que me explicasse como deveria ajustá-lo na cabeça. Segundo erro. Ele se recusou. I don't, I don't, repetia sacudindo sua mão direita em sinal de não, em sinal de vá embora, de o que você está pensando?, de acha que isso é uma fantasia? Senti a cara ardendo de vergonha. Dei meia-volta, agarrei algumas coisas ao acaso. Me apressei a pagar e fui para a saída. Escutei às minhas costas que o homem sussurrava palavras num idioma que não soube reconhecer, mas entendi perfeitamente que eram dirigidas a mim e à minha estupidez.

À noite, enquanto Mario tomava banho, procurei endereços de templos, depois busquei na internet instruções de como vestir um hijab. Me deparei com o seguinte texto:

O hijab não é apenas o tecido que cobre a cabeça.

Chama-se assim o tecido que cobre o corpo inteiro e que é um símbolo de obediência, modéstia e pureza. O hijab é em si um escudo que protege a mulher de despertar tentações em homens alheios à sua família.

Estava decidido, diria a Mario que em vez de ir à conferência, eu iria passear. E sim, eu passearia, mas com o véu e vestida *daquele jeito*.

Caminhar com o cabelo coberto é como caminhar sem querer vista e acabar sendo vista. Ainda que muito provavelmente ninguém me observasse. Neste país, essa é uma religião muito mais comum do que no meu. Neste país, ninguém observa ninguém.

O templo dominava a rua, o céu. Um grupo de homens e mulheres estavam ali, elas vestidas como eu, roupa normal, calça jeans, suéter, um casaco leve e um véu na cabeça. Fiz umas poucas perguntas. Nenhum deles era muçulmano, era um grupo de estudantes realizando uma visita ao templo como uma atividade de aula. Pareciam mais turistas que estudantes. Pedi permissão para me unir ao grupo. Ninguém pareceu se importar.

Pelo portão saiu um homem com anéis nos dedos, era o imã, nos cumprimentou: Bismi... No momento não entendi as palavras, mas uma das meninas as repetiu para mim: Bismillahi ar-Rahman ar-Rahim. Significa: em nome de Alá, o compassivo, o misericordioso. Agradecemos com uma reverência de cabeça.

Entramos. Os homens à frente e nós atrás. Tiramos os sapatos. Que frágil a gente pode se sentir sem eles quando rodeada de desconhecidos. Um tapete verde se estendia sobre o templo. Enquanto avançávamos, o imã explicava para as pessoas que éramos estudantes. Homens e mulheres ao redor nos olhavam como se fôssemos os idiotas que éramos. O grupo se separou. Nós para uma sala, os homens para outra.

O imã ia e voltava entre dois idiomas e em alguns momentos eu me perdia. Começou seu discurso falando sobre a ignorância do homem, a ignorância da civilização e como ela é combatida com o conhecimento. Quando nosso senhor, misericordioso e poderoso, ama alguém, dá a ele conhecimento do seu livro sagrado. Nosso senhor, misericordioso e caridoso, guia aqueles que ama e desencaminha quem quiser. Por isso escolheu o Profeta, que nos ofereceu as Escrituras.

Durante a cerimônia, um grupo de mulheres esteve com a gente, indicavam o que tínhamos que fazer, quando baixar a cabeça, quando nos ajoelhar. Ao fim da cerimônia, nos abraçaram, nos ofereceram palavras que soavam doces. Em mim e em mais algumas, ajustaram melhor o véu. Nos explicaram que a oração de sextas-feiras não é obrigatória para as mulheres porque as mulheres têm muitas responsabilidades, têm filhos que são a prioridade. Como em todos os lugares, pensei. Com os homens, o imã falava muito de perto, os estudantes e o professor assentiam de vez em quando. Enquanto nós recebíamos afeto, eles recebiam formação.

Voltei ao hotel. Regressei com mais dúvidas. Me sentei na cama. Fui tirar o véu da cabeça e, enquanto fazia isso, chorei, chorei como uma criança, chorei como quando caí da bicicleta, como quando minha irmã perdeu seu primeiro bebê, como quando operaram meu pai. Chorei como todas essas vezes em que não encontrei mais o que fazer.

Quando Mario entrou no quarto e me viu assim, me abraçou. Quando expliquei o que tinha acontecido e o que tinha feito, me soltou. Levantou da cama, deu voltas pelo quarto, segurou minhas mãos e, olhando fixo nos meus olhos, disse: Sylvia, você tem que parar com isso.

Agora me dou conta de que, quando disse *parar com isso*, não se referia a meu choro.

Sylvia:

Essa história me prendeu. Obrigada por compartilhar o que você escreveu. Nunca imaginei que algo que vi acontecer se transformaria em texto. Espero ler na íntegra quando você acabar. Entendo perfeitamente o que teve de fazer para escrever, é a vida da tua irmã, mas também é a tua! Imagino que as emoções te dominem. Não é uma tarefa fácil. Fico feliz que esteja indo adiante. O que teus pais acham? Como você coloca, parece que os outros contam a sua história, falam dela, recriam ela. Como se você os entrevistasse e só escutássemos a voz deles, ou melhor, só escutássemos a tua voz. Todos ao redor dela. Ela só existe através da voz dos outros.

Eu gostaria de vê-la em movimento, se vestindo, falando com sua própria voz. Como quando morava aqui na pensão. Ainda que, pensando agora, imagino que você também.

Compreendo teus temores, mas isso que você citou de que ninguém escreveu boa literatura com histórias familiares me deixou pensando. Não sei, talvez não seja o caso de fazer boa literatura, trata-se de escrever, acho que existem coisas que valem a pena contar ou escrever só porque aconteceram.

Enfim, estas são as únicas fotos que tenho de Patrícia. São duas. Numa, estamos ela e eu com outras meninas da pensão. Eu sou a única que não parece estudante, e sim a avó de todas elas. Se você reparar, vai ver que ela só está com um pouco de maquiagem e batom. Acho que nessa época eles mal tinham começado a sair, foi uma das últimas vezes que se reuniu com suas colegas.

A outra foto ela deve ter deixado para mim antes de ir embora. Encontrei já semanas depois da sua partida. Não sei quem tirou. Como você pode ver, já está com o véu. Alguém me explicou que existem comunidades islâmicas que não permitem que as mulheres apareçam em fotografias, existem outras que pedem que elas não olhem para a câmera. Acho que é por isso que está de perfil, olhando para o chão. Atrás ela assinou com o outro nome e com o sobrenome dele.

Espero que te ajudem de algum modo. Não precisa devolver, fique com elas, faz mais sentido vocês guardarem. Mande um abraço para os teus pais e, já sabe, se algum dia quiser vir, esta pensão sempre te receberá de braços abertos.

Lilian

Nove horas nos separam. Algumas noites penso nela. Algumas manhãs, eu pressinto, ela pensa em mim. Talvez ao mesmo tempo. Sonho com estarmos juntas. Então abro os olhos, confiro o relógio. Adiciono nove horas e sei que horas são lá no exato momento em que ela vai se levantar para rezar.

Me viro na cama e Mario está aqui. Dorme placidamente. O rosto é o que mais gosto nele, suas feições, as magras maçãs do rosto. Sempre que vejo ele dormindo, tenho vontade de beijá-lo. Acordá-lo e beijá-lo, dizer que sim, que podemos casar, que sim, que podemos vender coisas, fechamos o apartamento e vamos descobrir o mundo.

Me levanto com cuidado. Vou ao banheiro, depois à cozinha. Tomo água, vou até a sala e me sento no tapete. Faltam tantas coisas neste apartamento. Mamãe insiste que eu devo trazer minha escrivaninha e minha poltrona. Mas já imagino a cara do papai. Para ele, sou outra filha que partiu sem seu consentimento. Teu caso é diferente, diz mamãe. É?

Vejo a mala de Mario, pronta para a viagem dele. Prometi acompanhá-lo, mas ainda não me recompus da anterior e sinto, além disso, que preciso de um tempo sozinha. Mario entende, mas não entende. Com o que me importo, mas não me importo.

Volto à cama, me acomodo com muito cuidado ao lado de Mario, que se move para me abraçar. Contigo me sinto protegida, eu sussurro. Protegida de quê?, me pergunta. Ainda fico pensando nisso, protegida de quê?

Me pergunto cada vez que abro o computador e escrevo sobre ela. Para que escrevo sobre a minha irmã? Quantos anos se passaram e eu continuo escrevendo sobre ela?

Mas não consigo parar.

Tenho minha vida, sim. Um trabalho, um carro que estou pagando. Minha vida tem seu ritmo e sua ordem, mas minha escrita sobre você também faz parte da minha vida. Escrevo a partir do pouco que te conheço, a partir da forma como você deixou tudo. Leio sobre o que você vive, sobre a tua religião, e me sinto num abismo, é tão pouco o que entendo.

Cesare Pavese dizia que o único modo de escapar do abismo é olhar para ele, mensurá-lo, sondá-lo e descer para dentro dele. Descer no abismo. Mensurar. Sondar. Sei que vai parecer exagerado, mas escrever sobre você é o abismo. Mensuro, sondo, desço. Não posso escapar. Ninguém pode me pedir que escape. Ainda que eu quisesse, não poderia.

Essa se tornou minha vida.

Sim, tenho amigas, amigos, trabalho, passeios, sábados de cerveja gelada e risadas e música. Tardes para ver filmes ou para sentar e contemplar o entardecer.

Tenho uma vida, sim. Mas também há *isto*. Uma vida dedicada a descobrir quem é a minha irmã.

Em alguns momentos sinto que há lembranças demais e que não quero escrever todas. Outras vezes sinto que não há memória suficiente, que não faço ideia, que não sei como falar ou escrever do que não sei. Também não sei como expressar a tensão que existe entre a proximidade e a distância. Porque existe algo que me aproxima dela imensamente, além do sangue. E existe algo que, percebo bem, me afasta por completo.

Minha orientadora repete que para um livro desses é necessário se nutrir dessa inextinguível zona de ficção, esse continente que vai se alargando à medida que escrevemos. O que você não sabe, inventa. E se o que você sabe não é do seu agrado, altere. Como se a ficção pudesse restaurar.

Com frequência, depois de um tempo, fico com uma sensação de derrota porque, quando comecei, pensei que escrever me faria ver as coisas de outra maneira, que chegaria a construir uma vida diferente — não sei ainda se para ela ou para mim. Mas não é o caso.

Há momentos relevantes na nossa vida que não sou capaz de lembrar, mas é surpreendente a precisão com que posso reviver as insignificâncias. As montanhas de sal que ela jogava no prato antes de provar a comida, suas sobrancelhas erguidas enquanto se olhava no espelho, os pequenos dedos dos seus pés. A cicatriz que um gato deixou na sua bochecha, seu modo de gritar quando ficava enraivecida.

Já não sei se desejo ou detesto isso, o cotidiano.

Sahure me escreveu. Fazia tempo que não tinha notícias dela. Me explica que minha irmã e Sayyib vão deixar a Turquia, vão para outro país. Me conta que ele foi sondar possibilidades. Não diz onde, mas faz parecer tão simples.

Deixou minha irmã na casa dos seus pais. Pelo menos assim, sem ele, ela está tranquila. Sahure dá muitas voltas para explicar que minha irmã terá que compartilhar o marido com outra mulher. Eu sempre ouvi dizer que hoje em dia a poligamia se praticava apenas para dar teto e apoio a uma viúva, que os homens tomavam mais uma esposa apenas como uma forma de respaldo. Quero acreditar que esse é o caso, mas todos os meus sentidos dizem que não.

Sahure promete convencer minha irmã a telefonar, a escrever.

O que agora sei:

- Da sua primeira gravidez, minha irmã teve uma menina que morreu ao nascer. Se asfixiou no cordão umbilical. Sayyib plantou uma árvore em sua homenagem, um costume turco.
- Um ano depois, ficou grávida de um menino. Um ano e meio depois, veio outro. Dois lindos meninos, aos quais Aisha deu tudo que tinha.
- Ambos os bebês também estiveram a ponto de morrer no parto.
- Moram de frente para o mar. Ele passa o dia inteiro fora de casa; ela, com os filhos.
- Ainda que Sayyib não esteja mal no trabalho, eles vivem e comem modestamente para economizar, pois planejaram buscar uma oportunidade melhor em outro país.
- Azeitonas pretas, queijo, pão, chá preto, algumas frutas: sua alimentação diária.
- Poucos móveis, poucas roupas. Uma vida com a qual Aisha não estava acostumada, mas à qual estava disposta.
- Por ele, sempre por ele. Tudo por ele.

Syl:

Desculpa por desligar o telefone aquele dia. Mas é que fazer uma ligação de longa distância para que teu único assunto seja o que você encontrou da tua irmã... Eu te amo, mas estou cansado dessa história.
Farto desse livro. Quantos anos já levamos nisso?
É preciso renunciar. Continuar com os depoimentos não faz sentido. Qualquer um na frente de um microfone se torna um gênio da ficção. Como você sabe se o que te contam aconteceu como te contam? Pior: como saber se realmente aconteceu? Nada garante nada.
Você tem que parar.
Pensa: quem vai se importar com uma vida assim? Grande coisa, uma mulher larga tudo por um homem: sua família, seu país, seus estudos, adota novos hábitos e costumes, esgota as palavras. Isso acontece desde sempre, aqui e em todo lugar... A essa altura você já deve ter notado. Então me diga, o que essa história tem de especial? Se pergunte antes de seguir com tudo isso.
Você tem tanto mais para dizer, para escrever, para descobrir... E pode fazer isso comigo se voltar a viajar comigo. Lembra que viajávamos toda hora? Lembra

quando bastava encher uma mochila, sacar umas notas no caixa eletrônico e sair por aí? Insisto que você deveria vir, me encontrar, vir. Insisto que você deveria parar de escrever aquela vida, pois é melhor viver a tua. Vive a tua, vive a tua comigo. Vem comigo. Seja comigo.

Este lugar é maravilhoso, você adoraria, poderia morar aqui para sempre. A gente se desconecta de tudo, tem que caminhar nem sei quanto para telefonar, para mandar cartas, para se informar do que acontece no mundo. Estou falando sério, poderíamos morar aqui para sempre, largar tudo. Começar de novo. Casarmos. Estarmos juntos para sempre.

Sinto tua falta.
Mario

Relembrar é mais difícil que inventar, diz um papel pendurado no mural do meu estúdio. Numa das gavetas da escrivaninha, tenho minha irmã numa das poucas fotos que consegui. Nos seus postais. Nas palavras que algum dia escreveu.

Mas não está ali. Ela não está ali.

Quando paro para pensar, me dou conta que ela tampouco está nas sobrancelhas da mamãe ou nos lábios do papai, como todo mundo sempre achou. Não está nas histórias que me contam sobre ela. Todos são espaços anônimos nos quais tropeço. Ela não está e não vai voltar, Edgar tem razão. Por que não consigo aceitar? Sérgio me lembra que já vai fazer dez, quinze, tantos anos desde que ela partiu. Por que me custa tanto esforço entender que a perdi? Meus irmãos têm razão. Patrícia fez o que qualquer um faria: largar tudo para ser e fazer.

Patrícia simplesmente decidiu ser Aisha. Gostemos ou não.

Eu goste ou não.

Escrevo porque não há nada mais a fazer, mas devo admitir: estou cansada de falar sobre ela. Cansada de escrever sobre ela. Cansada de perguntar por ela. Cansada de escutar sobre ela. Isso não leva a lugar nenhum. A memória sempre engana, eu já deveria saber.

Acomodo as lembranças para que sejam escutadas e bem sentidas. Como sei se o que dizem é verdade? Todos poderiam ter me dito coisas que de fato nunca aconteceram. Para que serve saber o que houve na sua vida? Isso não mudará nada.

Ela continuará assim porque decidiu assim. Grande coisa, uma mulher larga tudo por um homem: sua família, seu país, seus estudos, adota novos hábitos e costumes, esgota as palavras. Isso acontece desde sempre, aqui e em todo lugar. Não vejo sentido em seguir tentando fazer um estudo minucioso de tudo isso. Insisto, não leva a lugar algum. Compreender... Compreender o quê? Se apaixonou, casou e se separou da família. Ponto. Talvez seja o momento de admitir que todos esses anos nós nos importamos mais com ela do que ela com a gente. Ela simplesmente fez sua vida, e nela, nós não cabíamos.

Estou cansada, cansada de não caber. Também estou cansada de me importar tanto.

Cansada de escrever o que ainda não termino de escrever.

Isto não é uma biografia.
    Isto não é um romance.
    Isto não é um perfil.
    Isto não é uma memória.
    Isto não é uma crônica.
    Isto não é uma investigação.
    Isto não é um acerto de contas.
    Isto não é uma tentativa de compreender.
    Mas isto é tudo isso ao mesmo tempo.
    Isto, como se não bastasse, não é sobre a minha irmã, é sobre mim.

Faz um mês caíram as Torres Gêmeas.
Hoje li nas notícias que um grupo de pessoas cuspiu na cabeça de uma mulher muçulmana em algum lugar de Nova Jérsei, li que na Califórnia alguém se recusou a vender pão a um muçulmano de uns sessenta anos.

Me pergunto como está a minha irmã. Me pergunto se vive nos Estados Unidos ou no Canadá. Será que alguém cospe na cabeça dela, será que alguém nega a ela um pedaço de pão, será que ela também é acusada pela sua religião? Haverá quem pense que minha irmã é terrorista?

QUATRO

Meus pais se aposentaram. Papai passa duas ou três manhãs por semana no raquetebol e todas as tardes na frente da televisão, sua habilidade para zapear se aperfeiçoou. Mamãe caminha todos os dias no parque, agora deu para participar de um grupo de oração nas quartas-feiras. Imagino que, para ela, orar é ter esperança. A esperança também é o que faz ela revirar a caixa de correio todas as quartas-feiras.

Seu nome não é mencionado, as histórias da sua infância não são contadas, mas sei que minha irmã habita a alma da minha mãe e, quero crer, ainda ocupa um espaço na cabeça do meu pai.

Assim se passaram não sei quantos dias até que finalmente chegou uma carta. Mamãe tirou da caixa de correio sua esperança. Imagino ela acariciando o envelope, abraçando, dando boas-vindas para ele, transbordando um entusiasmo contido. A primeira coisa que fez foi chamar papai, que estava na academia; depois, telefonou para Sérgio e deixou recado para Edgar. Para mim deixou uma mensagem no jornal e me pediu que viesse de imediato. Era impossível que meus irmãos fizessem uma viagem ou que papai largasse sua rotina só para ler uma carta. Mas mamãe sabia que eu faria isso, que largaria o que fosse para estar ali. Não se enganou.

O que diz, o que diz?, perguntei ao entrar. Mamãe tinha a carta fechada nas mãos e o olhar de criança perdida. Quer que eu leia pra você?

Na carta ela diz que está bem, que, depois de passar anos na Turquia, agora mora no Canadá com uma parente do seu marido. Conta que tem dois filhos meninos, um de seis e outro de quatro, e uma menininha de dois anos. Três filhos!, eu exclamo, e minha mãe me cala, continua, ela diz, continua.

Minha irmã conta que ensina um pouco de espanhol para as crianças e que elas gostam muito do som do *ch*. A menina é pequena ainda, é linda, tão parecida com Sylvia. Pede desculpas por não mandar fotos. Conta que faz muito frio, que ela não sai e, para se ocupar, tricota o tempo todo, faz blusões e cachecóis para as crianças, aprendeu a fazer meias de lã e está fazendo um xale para o inverno. Penso em cobrir e aquecer, também penso numa menina parecida comigo. E você lembra, mamãe, como eu odiava tricotar? Agora tricoto o tempo todo.

Explica que seu marido é bom, bom de verdade. Que ele mudou. Deixa que ela vá ao parque com as crianças e ao centro comercial aos domingos. Até deixa que ela dirija de vez em quando. *Até.* Para de comentar e continua lendo, me repreende minha mãe.

Minha irmã admite que sente saudades do México, de nós. É um só parágrafo, um parágrafo separado de todos os outros, um parágrafo com letras que parecem não querer se desenhar completamente. Como se não se atrevesse a comunicar. Minha irmã escreve que sente saudades, nos pede desculpas pelo modo como as coisas ocorreram, pelo silêncio e pela distância.

Sobretudo pela distância.

Sua letra é perfeitamente legível, bonita, como se tivesse gastado todo o tempo do mundo para que cada palavra saísse bem. Para que cada letra se destacasse. Escreve que tudo saiu como Deus quis e aceita sua vida recolhida como uma recompensa. Os milagres, mesmo os simples, também são milagres. Nos confessa que sempre há um espaço para nós nas suas orações, que nos deseja sempre o melhor: saúde e alegria.

Por fim, descreve como foi difícil enviar esta carta, que faz isso sem que ele saiba, pois, no momento, ele não entenderia. Sayyib pensaria que já não quero estar com ele ou algo assim. Vocês não conhecem ele, diz.

Nem conheceremos, digo eu. Mamãe me diz sshht, continua lendo.

Pede então que a gente não escreva de volta nem telefone, porque poderia ser problemático. Não entendo por que então anota seu telefone com prefixo no fim da carta. Pede que a gente compreenda suas decisões. Expressa seu agradecimento, seu amor, seu enorme amor.

Assina de maneira simples, Aisha.

Mamãe chora, me abraça, sorri como se acabássemos de receber boas notícias. Mas essas não podem ser boas notícias.

São, são boas notícias, diz.

Passo dias pensando na carta e no que a carta não diz.

A carta não diz o que eu já sei, o que Sahure me escreveu nos últimos meses e que eu prometi não contar para ninguém. Na carta minha irmã não conta que antes de se mudar para o Canadá estava mais magra que nunca, que tinha que tomar remédios constantemente por causa de uma dor que se tornou crônica. Tampouco diz que Sayyib agora mora com sua outra esposa e alterna seus dias entre ela e minha irmã (com a vênia do Profeta) e que, além disso, precisa se virar para fazer as contas fecharem. Não descreve como ela acabou com duas costelas quebradas e, claro, que meses depois de chegar no Canadá perdeu outro bebê.

Não, não diz nada disso, porque para quê? Os planos de Deus não estão abertos a julgamento.

Ela não inclui, tampouco, informação alguma sobre a ocasião em que tentou fugir, naquela noite em que foi até a embaixada pedir refúgio e ninguém abriu a porta. A noite em que terminou num hotel de quinta categoria com as crianças chorando pelo papai até que o papai os encontrou e os levou de volta para casa, não sem antes dar uma surra na minha irmã. Minha irmã não conta que foi Sahure quem a tirou da área de serviço onde Sayyib a tinha trancado sem direito a comida nem água por mais de três dias.

Minha irmã não diz absolutamente nada sobre todas as vezes em que ele bateu nela, não fala do nariz de novo quebrado, não fala dos socos na barriga em cada uma das gestações. Isso só sabemos Sahure e eu, e nem Sahure, nem eu soubemos o que dizer. Nenhuma de nós fez nada. Braços cruzados. Nada. Nosso silêncio nos torna cúmplices do abuso. Todas temos um véu.

Minha irmã não conta nada disso, porque como se escreve isso? Como se diz aos pais que se vive uma coisa *dessas*? Que ela e outras milhões vivem uma coisa *dessas*.

Papai ficou doente dias depois da carta. Nada de novo, esse problema com seu corpo que ele continua ignorando. Como se a cirurgia não tivesse ensinado nada. Tantos anos trabalhando com médicos e tamanha relutância para marcar uma consulta.

Mamãe me pediu que venha ver se consigo convencê-lo. Vai lá buscar meu cartão do plano de saúde então, ele diz. Parece que ele que está me fazendo um favor. Os arquivos dele são uma bagunça, se misturam com os arquivos da família toda. Você guarda meu boletim da quinta série junto com uma receita de cinco anos atrás?, pergunto. Continua procurando, ele diz.

Então nos deparamos com um documento datado de 1990. Antes de ler, observo o pé da página. Foi escrito por Patrícia.

Em resposta ao seu convite para organizar um seminário para os estudantes da universidade, anexo a seguir uma descrição detalhada do curso (objetivo, temas, avaliação).

**SEMINÁRIO DE PLANEJAMENTO
GERAL E REGIONAL DO MÉXICO**
**Departamento de Economia
Universidade Nacional**

Objetivo

Proporcionar ao aluno uma visão integral sobre o conhecimento do planejamento para o desenvolvimento urbano, regional e municipal a partir do ponto de vista econômico, a fim de habilitá-lo a participar de forma interdisciplinar na busca por soluções, com o máximo de racionalidade, para os problemas apresentados pelo crescimento acelerado das cidades.

Temas

- Os economistas perante o planejamento nacional, regional e urbano.
- Conceitualização de crescimento, planejamento, desenvolvimento, organização territorial.
- Análise geral do processo de planejamento econômico no México através dos seus impactos espaciais e suas tendências.

As atividades serão realizadas no âmbito de investigação, debates colaborativos, exposição de pontos de vista, reflexão e comparação de critérios para chegar às conclusões dos temas de estudo.

É esse papel, e não a carta da minha irmã que chegou semanas atrás, que arrasta papai a um ponto desconhecido. Fica sem fôlego, não consegue tomar ar. Fecha a gaveta. Grita à mamãe que ela procure o maldito cartão do plano de saúde, já que eu não consegui encontrar e só vim e baguncei tudo.

Vim e baguncei tudo.

Syl:

Você mesma disse: quando escreve sobre tua irmã, escreve sobre você. Quando sente medo por Patrícia, sente medo por você. Gostaria de dizer isso frente a frente. Dizer que tua escrita é tão frágil quanto a vida que você leva. Ninguém pediu que você ficasse, ninguém disse que se a outra não estava era você que deveria fazer o papel de filha em casa, aliviar as coisas para os teus pais, organizar os Natais, os aniversários.

Sylvia, você é como a tua escrita. Eu sei porque estou há anos te lendo. Você é assim, uma mulher de poucas palavras, de pontuação constante. De frases curtas, monossílabos. Faça um parágrafo grandalhão e desordenado. Me ame acima de tudo. Você consegue, consegue qualquer coisa, o que quiser. Poderia estar comigo em vez de sair fuçando vazios.

Vou embora desejando que você me encontre, que venha comigo e explore o mundo, explore outro mundo.

M.

Mario tem razão.
Quando escrevo sobre você, escrevo sobre mim.
Quando sinto medo por você, sinto medo por mim.
Quando penso em você, penso na verdade em mim.

Na vida, a fragmentada vida.
Na narrativa, a frágil narrativa.
A linha tênue da história.
A trama da minha vida que também é a tua. Ou ao contrário.

Tua ausência me obrigou, sabe? O papel que me coube desempenhar em casa era o de aliviar as coisas, fazer com que tudo ficasse bem. Crescer, estudar, ser. Sorrir. Substituir tua vida, a que não vimos.

O que tenho é um terremoto de identidade.
Não faço ideia de quem sou.
Não sei.
Mas preciso descobrir, uma vida se gesta em mim e não posso continuar assim, não posso não saber quem sou.

Há dias bons, dias em que só tenho vontade de acariciar minha barriga e deixar que minha mãe alise meu cabelo enquanto nós duas vemos um filme muito ruim.

Estou morando na casa dos meus pais. Desde que Mario foi embora e porque Mario não voltou. Eu não sabia que estava esperando um bebê quando disse adeus para ele. Não vejo sentido em contar. Sei que poderia dizer que teremos um filho e ele retornaria de imediato, mas é isso que quero? Meus pais não questionam nada, abriram a porta e me acomodaram nas suas vidas como se nada tivesse acontecido. Parece que começam a se acostumar com não fazer perguntas diante das decisões das suas filhas.

A gravidez e a separação me fazem dormir horas e horas. Há dias em que choro, dias em que não paro de chorar e dias em que decido que a vida é fácil de resumir. Coordeno meu setor do jornal a partir da sala, da cozinha, do meu quarto. A casa dos meus pais se transformou no meu refúgio, meu escritório. Meu lugar a partir de onde coordeno o mundo.

Há dias ruins. Dias em que só quero virar as páginas do calendário, demolir os dias, as horas, os minutos e que este ser que vive dentro de mim saia e pronto.

Há dias em que quero pegar o teclado, digitar violentamente e tirar de mim todo este medo, toda esta angústia, todo este sentimento que nada tem a ver com a minha irmã ou com Mario, mas comigo. Medo é a última coisa que quero dentro de mim.

O mundo se vira do avesso sem que a gente se dê conta.
Assim aconteceu hoje.

Uma manhã entre tantas se transformou numa manhã rara. O telefone tocou de madrugada. Todos sabem que, nessas horas, não existe notícia boa. Papai atendeu. Uma voz feminina, alheia, à distância perguntou: é você, papai? Papai conseguiu dizer: não, você está enganada. A voz repetiu: sou eu, papai, tua filha. Ele, apesar de estar mais dormindo que acordado, sabia que era um engano porque sua filha, ou seja, eu, estava dormindo no outro quarto. Se não disse, pensou: minha filha está aqui. E desligou. Mamãe acordou. Quem, quê? Nada, nada.

Eu também escutei o telefone e tampouco me dei conta. Voltei ao sono. Eram seis da manhã. O telefone voltou a tocar. Dessa vez foi mamãe quem tirou o fone do gancho. Papai voltou ao travesseiro. Quem fala? E a resposta lhe devolveu a vida que se escapou dela por tantos anos: sou eu, tua filha, sou tua filha. Para ela não houve confusão, aquele era o telefonema que sempre tinha esperado.

É Paty, é Patrícia, gritou mamãe. Papai se recompôs, se levantou e veio até mim. Nos sentamos na beirada da cama. Mamãe chorava, mamãe sorria, mamãe assentia. Papai então pegou minha mão e, com uma expressão envergonhada que eu nunca tinha visto, me disse: não reconheci, não reconheci. Não sabia.

Comecei a sentir algo na barriga. Demorei a entender que esse movimento era meu bebê abrindo espaço e se fazendo presente. Se movendo inteiro e pequeno. Não me atrevi a dizer nada. Minha mãe estava ocupada com sua emoção, meu pai, por sua vez, preso numa infinita tristeza. Quanto tempo e quanta vida têm que passar para que um pai não reconheça a voz de uma filha.

Mana:

Vejo que você continua com essa obsessão da nossa irmã. Você pede que eu diga o que penso, o que lembro dela. Aqui vai.

Ela era a mais velha, a maior, a que chorava pela ausência da avó, a que estava no quarto ao lado ou três séries acima no ensino fundamental, a que sempre salvava Sérgio e eu de qualquer enrascada. Era a que depois nos acusava se a enrascada era grande demais.

Se pulo partes da história, posso dizer que Patrícia foi a que do romantismo do ensino médio passou para o socialismo da universidade. Mamãe dormia mal porque, para ela, a memória de outubro de 68 ainda estava muito fresca. Fizeram de tudo para impedir que ela se metesse no movimento e que nós andássemos com ela. Juntos perambulamos pelas ruas com amigos, música. Muita, muita música e tardes caminhando com a Cacha, o Morsa, o Wero, a Nena, com quem depois aprendemos a tomar cerveja, preparar vodcas, fazer festa. Discutíamos política e futebol como se fossem a mesma coisa. Patrícia era a pessoa com quem fugíamos das pedradas por andar pichando muros. Correr enfurecidos, ensandecidos, insultando o mundo.

Quantas vezes terminamos em alguma cafeteria, medindo os estragos e nos dando conta que o dinheiro tinha caído na fuga e que teríamos que preparar outra para poder sair sem pagar pelo café, pelo refrigerante, pela fatia de bolo. Quantas vezes.

Patrícia era a economista, a integrante do partido socialista unificado do México, a de punhos no alto. Se livrou do destino menor e partiu para outro país. Como despedida, nos deu de presente seus mais preciosos discos e livros. Para você, o que ela deixou? Um monte de dúvidas, suponho. Quer dizer, por isso você se matou investigando ela, não?

Depois vieram os anos de dar novos saltos, de morar longe, de uísque nos pubs, de lágrimas pelas ruas sob a chuva e o céu cinzento de outro país. Eu a imagino assim, coberta por um casaco e com a vontade de voltar pra casa também sobre os ombros.

Dizia que Marx não acreditava em Deus. Depois deixou de acreditar em Marx para acreditar em Deus. Se transformou em outra mulher, uma que rezava em certos horários e para certo lado várias vezes por dia. Uma mulher de roupas escuras que agora pouco se parecia com a filha mais velha da nossa família.

Nasceu quase nos anos 60 e foi meio hippie por causa disso. Nos 70 teve uma alma de rock. Nos 80 dançava disco e se rebelava por suas causas. Nos 90 tirava fotos do underground punk. Mas chegou a religião e com ela veio tudo abaixo. Sei que ninguém fala abertamente, mas todos sabemos que ela não vai voltar. Não vamos vê-la de novo, ainda que ela tenha enviado uma carta.

Patrícia continuará igual, à distância. Só você e mamãe mantêm a esperança. Isso se herda, eu acho. Eu não herdei, nem o Sérgio.

Me preocupa que você continue com isso. Me preocupa que tua vida se torne isso. Procurar quem não está. Me preocupo com você e acho que é a primeira vez que te digo. Não sei, talvez se eu pudesse ter um pouquinho de esperança, eu usaria com você, para que você largasse tudo isso.

Me escreva, conte como vai seu trabalho, como tem se sentido, como estão os velhos.

Edgar

Queria escrever um romance sobre a minha irmã. Um romance construído a partir da memória familiar. Contar aquela história que toda família tem e que parece digna de ser relembrada porque quem protagoniza é aquele integrante que quebrou alguma regra, lealdade, padrão, alguma tradição. Eu queria um romance construído de versões, às vezes confusas, outras opostas. Escrever a partir de conjecturas. Queria recuperar e disfarçar. Distorcer a realidade o suficiente para cair na ficção. E conforme fazia isso, me dei conta de que não era possível.

Desde que tento narrar, percebo que, se me aproximo demais, me afasto de mim. Sei o que desejo contar e qual seria a forma ideal, mas, mal começo uma página, minha irmã ou minha personagem se perde de vista e fico suspensa no ar. Sem saber o que vem depois.

Tenho a sensação de que, ao escrever, desescrevo. Que, ao criar, ao inventar, apago o seu verdadeiro rastro. Este livro é parte realidade, parte ficção. Já não sei onde começa uma e onde termina outra. Ao final do inverno não restará nada. Não pensei em como acabar de escrever porque sei que não tenho como acabar de escrever, sei que ao final continuarei tendo as mesmas dúvidas. Sou eu quem está mergulhada em hábitos, apegos, antipatias e rastros confusos? Logo não terei mais nada para escrever. Não saberei o que inventar. Haverá cada vez menos páginas, os parágrafos vão ficar menores, assim como as possibilidades de voltar a ver minha irmã.

Pensei em pedir a Sahure que não me escreva mais, que não me conte mais, não quero saber o que minha irmã conta para ela quando conversam por telefone ou quando se escrevem. Será que o que sinto é ciúme, porque elas conversam por telefone e se escrevem como se elas é que fossem irmãs? Ou será que, no fundo, não quero saber porque o que mais quero é saber? E acontece que ficar sabendo de todos esses terríveis causos onde minha irmã é sempre a vítima de um homem que jurou amá-la se tornou um desejo quase mórbido. É como sentir dor e prazer ao mesmo tempo enquanto você tira a casquinha de uma ferida que não sabe de onde veio. Uma ferida que você não quer que cure totalmente. Minha irmã é minha cicatriz.

Quando alguém começa a falar dela, começa com: Paty sempre foi muito independente, tinha uma personalidade forte.

Qualquer um pensaria que isso, sua personalidade, é a única razão pela qual não se pode entender sua vida hoje, mas talvez seja o contrário. Talvez seja precisamente seu antigo jeito de ser que fez ela mudar. Talvez já não quisesse ser independente, queria que alguém cuidasse dela e abrandasse sua personalidade. Mas Sayyib não cuida de nada e não abranda nada.

Ou talvez minha irmã nunca tenha sido independente ou com personalidade forte, talvez essa só fosse uma imagem que ela passava. Ou talvez seu Deus tenha convocado ela a se submeter.

Essa é uma das coisas que ninguém saberá com certeza. Escrevo para dizer isso a mim mesma.

Uma vez por mês o telefone toca antes do sol raiar, é ela do outro lado da linha. Chamada a cobrar do Canadá, aceita?

Eles dizem sim, sempre dizem sim. Eu fico no meu quarto, o telefonema é para eles. Canto para o meu filho recém-nascido. Quando ele fecha os olhos, eu também fecho e imagino meus pais assim:

Sentam juntos para ouvir, um deles segura o aparelho, o outro sugere perguntas com mímicas. Os dois escutam. São como crianças que se alternam para se divertir num balanço. Um sobe, desce. O outro empurra. Depois invertem.

Pergunto a eles como ela consegue telefonar, ele dá permissão? Ele não está, diz minha mãe. Parece que trabalha muito. Se ele trabalha muito, por que ela demorou tanto pra nos ligar? Por que esperou tanto tempo? Minha mãe ignora minhas perguntas, não dá bola para a fervura de raciocínios que quero levantar. Não importa, diz, o que importa é que está telefonando.

Meus pais falam desses telefonemas com todos os seus amigos, se interrompem para contar, para falar, para dar os detalhes dos seus netos que falam inglês, turco, leem em árabe e sabem cantar duas ou três canções em espanhol. A felicidade deles é indescritível. Como se não houvesse milhares de quilômetros e uma doutrina extremista entre eles e a minha irmã.

Falar dela faz bem para eles, muito bem. É o mais perto de tê-la aqui, nos seus braços. Como quando ela nasceu e lhe deram um nome.

Meu filho está com sete meses, encontrei uma creche para ele e coragem para mim.

Disse aos meus pais que estou pronta para voltar ao meu apartamento, para fazer daquele lugar um lar. Meu lar. Nunca imaginei que eles reagiriam desse jeito, nunca imaginei que minha notícia despertaria velhas tristezas. Papai me pergunta onde eles erraram, todos os meus filhos se afastam, vão embora, partem.

Mamãe insiste que não preciso provar nada, que posso aceitar ajuda, que eles cuidam de David enquanto eu trabalho. Assim você não manda pra creche, ele só vai pegar doença, não vão cuidar dele como nós. Tua irmã não mandou os filhos pra creche e eles estão bem.

É provável que não tenha escrito sobre isso, dessa mania que minha mãe tem de nos comparar a qualquer custo. É provável que eu mesma nunca tenha notado, tão ensimesmada fiquei procurando por ela que ignorei o fato de que minha pessoa cresceu apesar dela.

Me dá raiva, sim, mas ao mesmo tempo entendo. Enquanto eu investiguei e escrevi sobre a minha irmã, meus pais apenas viveram a sós com o peso da sua ausência. A escrita foi um refúgio para mim, eles não tiveram nenhum. Eles viveram achando que minha irmã não partiu, mas que os abandonou. Meus pais, como todos os pais, se culpam pela vida que minha irmã levou. Me custaram muitas palavras e muitas lágrimas convencê-los do contrário. E sequer sei se consegui.

Eles me ajudam a colocar minhas coisas no carro, enchem meu filho de beijos e me dão tchau como se eu não fosse morar a vinte minutos da sua casa, como se não fôssemos nos ver mais, como se eu, de novo, fosse minha irmã.

Quando sento no banco do motorista e abano para eles, uma certeza começa a se formar. A certeza, enfim, chega por completo alguns minutos depois. No rádio começa a tocar *A horse with no name*, a música preferida da minha irmã. Canto: in the desert, you can remember your name, 'cause there ain't no one for to give you no pain, e então me dou conta de que é óbvio que meus pais se despediram de mim como se não fossem voltar a me ver, me disseram adeus como se eu fosse minha irmã porque todo esse tempo eu fui minha irmã. Neste deserto eu posso lembrar do meu nome porque já não há ninguém que me doa.

Já não sou minha irmã, tenho um nome, Sylvia. Sylvia.

Eu tinha passado tanto tempo sendo irmã sem saber que esqueci de ser eu, esqueci de ser Sylvia.

Sylvia.

No caminho para encontrá-la, me perdi.
    Perdi o nome,
        as rédeas,
            o rumo,
                perdi.

É noite enquanto meu filho dorme e o silêncio reina num apartamento semivazio, escrevo:

Sou Sylvia e estou há tanto tempo sendo a narradora, a investigadora e a intérprete deste corpo textual que esqueci de mim. Não há dúvidas, a vida, como os livros, não se inventa, se descobre enquanto se escreve, e eu quero descobrir quem sou nesta história, na minha história.

Começo minha história fechando o computador e tirando minhas coisas das caixas que me acompanham há não sei quanto tempo. Tiro o pó dos meus poucos móveis, passo a mão pelas paredes, percorro com os pés descalços cada um dos quartos da minha vida.

Pego um martelo e um prego. Penduro a fotografia que o pessoal do jornal tirou no meu chá de fraldas. Apareço eu, olhando para minha barriga como se tentasse adivinhar a vida.

As marteladas, obviamente, acordam meu filho. Mas o que vem dele não é choro, é um chamado. Me inclino sobre o cercadinho e ele sorri porque sabe quem e o que sou. Pego ele no colo, me deito na cama e o coloco sobre meu peito, sua orelha sobre meu coração, minha mão nas suas costas. Estamos em casa.

Primeiro ficou inquieto, depois achei David um pouco irritado. Usando minha mão de termômetro, soube que estava com um pouco de febre. Babava tanto. Comecei a me preocupar e fiz o que qualquer mãe faria, corri para o pediatra.

Estão nascendo os dentes, só isso, me disse o médico com um tom que, suponho, só usa com as mães de primeira viagem. Dentição para iniciantes. Enquanto me mostrava aquelas duas pequenas linhas brancas nas gengivas do meu pequeno, me recomendou comprar um mordedor e um remédio para anestesiar um pouco as gengivas. Para baixar a temperatura, umas gotinhas de ibuprofeno infantil.

Mas ainda que a febre tenha baixado, nem as gotas, nem o mordedor o tranquilizaram. David chorava e chorava, agarrava o paninho que usa para dormir e chupava, mordia, numa tentativa sobre-humana de acabar com aquele incômodo.

Eu me sentia inútil, ele lutava enquanto eu contemplava, aos prantos, a batalha.

Já à noite, chamei minha mãe, que imediatamente veio para minha casa. David e eu chorávamos inconsoláveis pela formação da sua boca.

Pegou David dos meus braços e balançou até a cozinha. Pegou uma colher, colocou no congelador e, enquanto o segurava, cantava brilha, brilha, estrelinha. A canção que me acompanhou todas as vezes que chorei por tropeços, castigos, idiotices, a mesma que certamente aplacou o choro da minha irmã e dos meus irmãos, tentava acalmar um bebê e, por tabela, a mãe do bebê.

Pegou o paninho e parecia que, quando limpava os fios de baba de David, limpava também os fios da minha memória. Será que eu teria sido capaz de ter seu domínio e maternar, como ela fez, não uma, mas quatro vezes? Todos babávamos naquela casa, menos ela.

Pega a colher, me disse, agora entrega primeiro na mão dele pra ele sentir a temperatura, sim, assim. Vai ver que ele vai sozinho, isso, está vendo?, coloca na própria boca. A sensação distrai os bebês. Mas ele tem um mordedor, eu disse. Invencionices, me disse, a colher não falha.

Como se aprende a ser mãe? O frio, a colher e a febre?

Você nem com a colher se acalmava, colocava o punho inteiro na boca e não tinha quem conseguisse tirar, era a única coisa que te aliviava. Minha mãe maternando sempre.

Depois de brincar um pouco com a colher, David começou a bocejar e se entregou. Mas não se pode dizer que perdeu a batalha. Minha mãe o acomodou na minha cama, dois travesseiros de cada lado. É melhor que hoje ele durma com você, e já deixa um par de colheres no congelador, não te preocupa se estiverem muito geladas, ele mesmo vai largar e pegar quando quiser. Vai aprender sozinho, não tem como poupar os bebês de toda dor. Claro, a economia dos sentimentos, pensei.

Minha mãe me mandou para o banho. Vai, eu cuido dele, toma teu tempo. No chuveiro continuei chorando, não sei por que, mas nem o punho na boca me tranquilizou. Saí, minha mãe pegou um pente e desembaraçou meu cabelo, me disse: ser mãe não é fácil, mas nada é. Que bom que você foi ao médico e que bom que me ligou, é preciso saber pedir ajuda. Não se preocupe, eles só ficam assim nos primeiros, depois já fica tudo normal. É que, imagina, está nascendo um osso num lugar tão delicado como a gengiva.

Queridinho, olha que lindo ele fica dormindo. Que bom que você decidiu ter. Considerando que na época da minha mãe ter ou não ter filhos não era uma questão de escolha, ouvir ela dizer isso me pareceu inacreditável. Um vislumbre de feminismo talvez. Um *de mulher pra mulher*.

Nos servimos uma xícara de leite morno com canela para cada uma e sentamos para conversar, como sempre ou como nunca, não sei. Uma mulher sábia e, além disso, minha mãe. Tê-la por perto me sossegava.

Quando ela saiu, pensei na minha irmã. Como ela fez para sobreviver a gestações e partos sem minha mãe? Imaginei ela com um punho na boca, sua vida uma longa dor nas gengivas sem remédio. Sem colher. Sem sossego.

Estou com meus pais quando toca o telefone, parece que os telefonemas importantes sempre acontecem quando estou aqui. Uma mulher fala em inglês com papai. Não entendo, atende você. Yes? É uma enfermeira ligando de um hospital no outro extremo do continente. Me diz que está ligando da parte da Sra. Aisha Buruk para me avisar que ela está em observação desde ontem.

Pergunto o que houve e ela me diz que não pode dar todos os detalhes. Tem fraturas e hematomas em todo o corpo. Chegou ontem à noite e, neste momento, está com um policial, que toma seu depoimento. Me dá o número para onde posso telefonar um pouco mais tarde para localizarem minha irmã e me colocarem em contato com ela. O que acontece agora?, pergunto. Me explica um pouco o procedimento e me sugere que um parente ou amigo próximo fique com ela. Pergunto, antes de desligar, como está minha irmã. Estável, me diz.

O que significa estável quando uma mulher acaba no hospital depois que seu marido a espanca até deixá-la inconsciente? Que profeta é esse, que juramento, que direito? O que sustenta a estrutura da violência, quem disse a eles que podem nos tocar?

Pergunto pelas crianças e me diz que a vizinha que trouxe ela pro hospital levou pra sua casa. Parece que foi ela quem deu nosso número.

Desligo.

Olho de frente para meus pais, que a essa altura já sabem que algo aconteceu. Não posso mentir para eles. Não vou seguir ocultando a vida de Aisha.

Não há mais notícias da minha irmã desde aquele incidente. Não há forma de localizá-la. Voltou com ele ou o deixou?, todos nos perguntamos. A novidade é que fazemos isso em voz alta. Ninguém finge que isso não aconteceu, nenhum de nós finge não entender.

Faz tanto tempo que ela partiu, tantos anos desde sua única visita, tantos mais desde que soubemos que ela estava no hospital, nada por mais tantos anos. De vez em quando, em meio a uma refeição ou um filme em casa, alguém — meu pai, minha mãe — me pergunta, mas o que foi exatamente que disse a enfermeira? A mesma pergunta fazem meus irmãos nos seus breves telefonemas de longa distância. Me canso de repetir a mesma coisa. Como se recontar os fatos de novo e de novo permitisse entender o que, na verdade, ninguém quer entender: ela partiu, casou com um homem e uma religião alheios a tudo. Minha irmã isso, minha irmã aquilo.

Na família, ninguém nunca vai entender nem isso nem aquilo. Minha família só entende que o amor, o intenso amor que sente por ela, vem acompanhado de uma intensa dor. A dor por seu amor. Aprenderemos em algum momento que dor e amor podem coexistir. É a lição que aprendemos com ela. Uma falsa lição.

Cada um de nós, meus irmãos, meus pais, eu, continuamos com as nossas vidas. Comemoramos aniversários, Natais, damos as boas-vindas a muitos inícios de ano. E ela, minha irmã, é só aquele minuto, aquele minuto diário quando a mente olha para seu rosto, sua lembrança.

Minha irmã é uma lembrança. Uma lembrança que cobre o cabelo e os braços, uma lembrança que caminha atrás de um homem, que não fala com estranhos, uma lembrança regida pela devoção a um profeta.

Não pensei em como acabar de escrever porque sei que não tenho como acabar de escrever, sei que ao final continuarei tendo as mesmas dúvidas. Neste livro sou eu quem está mergulhada em hábitos, apegos, antipatias, tecidos e véus.

Continuo sendo minha irmã e não posso ser.

Desescrevo e desescrevo.

Será possível que, em vez de escrever para um leitor que não sei se existe, eu deveria escrever para ela, para a minha irmã?

Desescrevo e escrevo.

Querida irmã:

É um dia tranquilo. Meu filho, que você não conhece, brinca lá fora. Do meu escritório, escuto as batidas da bola. Pega, pega. Se você pudesse escutar as risadas. Passei a manhã inteira escrevendo. Faz calor. O sol foi entrando pouco a pouco até tomar a posse absoluta do escritório. O verão se aproxima.

A última vez que nos vimos, você estava recém-casada e queria ser mãe, eu era só uma criança. Quantas coisas aconteceram entre aquela época e hoje. Quanta coisa não sei de você e você não sabe de mim. Por onde começar?

Passei muitos anos investigando sua vida. Escrevendo sobre você. Se você soubesse tudo que fiz. Não pensava em outra coisa. Um dia Edgar me ligou, sempre falei mais com ele do que com Sérgio. Me disse: mana, vem pra cá, eu pago a passagem de avião. Eu pensei, não sei, eu pensei que só ia tirar uns dias de folga. Ele me mostrou o fio da minha vida. Chorei tanto, choramos tanto. Foi uma noite longuíssima. Ficamos acordados até aquela hora em que dá pra ver no céu a lua transparente de um lado e o sol nascendo do outro. Fui para passar uns dias e fiquei semanas com ele. Sérgio veio nos visitar algumas vezes, numa delas veio acompanhado de Mario. Mario depois seria meu namorado, meu companheiro, meu editor de cabeceira. Anos, anos depois, me daria um filho.

Mas antes do filho, Mario me deu o mundo. Ele e eu viajamos por todos os lados com uma mochila nas costas. Estivemos no país onde hoje você mora, eu não sabia se você estava aí ou não, mas igual coloquei no nosso itinerário. Não tive que dizer por que, em vez de ir ao Mediterrâneo, íamos para o outro lado. Ele sabia que eu queria te procurar. Perguntei, e se formos na embaixada, se procurarmos uma lista telefônica, se batermos nas portas? Mario me devolveu a lógica. Voltamos ao plano de turistas. Visitamos os templos, os púlpitos, escutamos o som da cidade na hora da oração. Aproveitamos tudo o que você descreveu alguma vez.

E depois quis escrever sobre você. Escrevia um livro para te ter ou para te entender, não sei. Mario uma vez me disse: quando você escreve sobre ela, escreve na verdade sobre você. Demorei a entender. Não tinha me dado conta de como estava cansada. Estava há anos escrevendo algo destinado ao fracasso. Perguntava, procurava, reconstruía, mas o passado nunca é igual quando se narra no presente. Na minha cabeça, eu te tinha mais como personagem do que como irmã. Na minha cabeça, eu me tinha mais como tua irmã do que como pessoa. Talvez acreditasse que, se parasse de escrever sobre você, então você já não ia existir e eu não ia entender.

Agora não preciso entender. Nem tudo precisa ser entendido.

Te amo, às vezes sinto saudades. O tempo, a distância, as circunstâncias não mudam isso. Colocam as coi-

sas em outro lugar talvez. Há sentimentos que se pode guardar na estante mais alta para que ninguém quebre e se percam para sempre. Ficam ali.

Trabalho num jornal. Já passei mais de uma vez por cada setor. Assim como escrevo na seção policial, às vezes estou na de cultura. Antes eu achava ruim, agora não. Me digo que é como estar em todo lugar e em nenhum. Experimentar tudo e não fazer parte de nada.

Tenho um filho, se chama David, dei esse agrado ao papai. Nunca falei para ele sobre você, talvez esteja na hora, talvez já possa contar que tem uma tia que se chama Aisha, uma tia que mora longe e que, se estivesse aqui, o amaria como eu.

Tenho que confessar que escrever para você e não sobre você é reconfortante, faz com que eu me sinta a salvo. É como se estivéssemos perto uma da outra, como se fôssemos cúmplices, como se eu soubesse que de uma hora pra outra você fosse chegar para me convencer a levar as crianças no parque e deixá-las brincando enquanto nós conversamos. Escrever para você é como te ter.

Talvez algum dia finalmente você esteja aqui ou, pelo menos, saberei onde você está. Talvez algum dia possa te entregar esta e todas as cartas que escrevi e contar essas e todas as coisas que fiz na minha vida para entender que você é você e que eu sou eu.

Eu sou eu.

Porque, minha irmã, finalmente ficou claro para mim que você é você e eu sou eu. E olha que quase me perdi no caminho quando decidi me tornar uma especialista na sua vida em vez de viver a minha. Quase. Agora vivo a minha, escrevo a dos outros, observo a do meu filho.

A bola parou de quicar. A porta da minha casa se abre e depois se fecha. David me chama, me pede um suco, um copo d'água, um refrigerante, um copo de alguma coisa, mamãe, alguma coisa. Então é hora de parar de escrever e te dar isso, dar alguma coisa.

Deixo esta carta pela metade, mas não faz mal. Às vezes também é bom deixar as coisas pela metade. Compreendi que as cartas, os livros que ficam pela metade também dizem algo. E eu aqui já disse algo.

Com amor, Sylvia.

De dentro de um avião noturno, a chegada numa cidade se adivinha pelas luzes, as mínimas luzes que se multiplicam até constituir um só corpo. Os passageiros observam o destino que se aproxima. Expressões de alívio, alegria, cansaço, indiferença. Que mais se sente ao chegar numa cidade?

Nas alturas e na escuridão, a chegada se adivinha pelas luzes que vão se multiplicando, há muito mais luzes, luzes vermelhas, brancas, verdes, a sensação de que o Natal ilumina a cidade. O avião começa a se alinhar à pista. Alguns passageiros mostram alívio; outros, cansaço. Mas é alegria o que se vê na grande maioria. Como nos pequenos passageiros na segunda fila. A emoção deles transparece. Imagino que antes de uma voz informar que o avião está prestes a descer, eles já estão com os cintos bem apertados e olham pela janela. Tenho certeza: olham pela janela.

O aeroporto, assim como a cidade, exibe luzes coloridas, além de diversas árvores de Natal. Todos se movem com velocidade. Os que têm pressa para subir num avião, os que têm pressa para sair de uma sala e os que têm pressa para que chegue um avião, esses somos nós.

Os passageiros começam a aparecer no saguão. David, meu filho, se gruda no vidro e pergunta, piiimos,?, cadê? Meu pai, no seu papel de avô, responde que logo, loguinho, quase lá. David sorri. É tão parecido com a sua mãe, me diz. Meu pai ainda não aceita a ideia de que ela já não está conosco, a não ser nos olhos do meu filho. Nem eu. Edgar coloca um braço sobre seus ombros e depois aponta para dentro da sala: lá estão, está vendo? É então que vemos meu irmão Sérgio e sua esposa. Cada um carregando uma mala e uma crianças. Gêmeos idênticos. Quando cruzam a porta, tudo são abraços e carinho.

No caminho do estacionamento, conversamos brevemente sobre o voo. Do que mais poderíamos falar?

Viemos em dois carros, dividimos pessoas e bagagens entre eles. No porta-malas guardamos também as conversas que teremos que tirar mais tarde, quando estaremos todos em casa, sentados na sala de jantar, e poderemos enfim falar e rir e chorar a morte da minha mãe, a ausência da minha irmã, porque estamos juntos agora. Depois quem sabe.

Vivian Gornick, ao falar do seu processo em *Afetos ferozes*, diz que, depois de compreender que, para poder narrar sua relação com sua mãe, tinha que transformar ambas em personagens, sua escrita fluiu. "A devoção a essa narradora, a essa personagem, me absorveu tanto enquanto escrevia o livro que todos os dias eu esperava para me encontrar com ela, com essa outra que contava a história que o meu eu cotidiano não teria sido capaz de contar".

Neste livro, nos transformei em personagens, eu e a minha família, assim tive a chance de encontrar ou reencontrar os vínculos que nos unem à minha irmã. Me permiti brincar com a memória e com a especulação, me dispus a exercitar minha curiosidade, confiei à linguagem e à forma não a minha história, mas a história que eu *queria* contar.

Não vou mentir, eu queria que fosse ela a descer do avião nessa última cena, eu queria que ela e Sylvia — não a que escreve isto agora, mas a que eu tinha criado para este livro — se reencontrassem num longo abraço, mas essa possibilidade era impossível também na ficção. Piglia tem razão, realmente ninguém nunca consegue fazer boa literatura com histórias familiares. Mas como não tentar todas as vezes que forem necessárias?

Esta é minha tentativa.

E minha tentativa levou anos, passei anos escrevendo e reescrevendo sua ausência até que, acreditem ou não, ela se fez presente. Em algum momento entre 2009 e 2010, ela voltou às nossas vidas. Digamos, pois, que a personagem tomou corpo, forma, tomou as rédeas da sua vida e, de certo modo, voltou à nossa. Patrícia, após anos de processos na justiça, conseguiu se separar e ficar com a guarda dos filhos.

Minha irmã, como a irmã de Sylvia deste livro, vive a mais de 3.183 quilômetros de distância, mas a sinto mais próxima que nunca. Minha irmã está a um telefonema de distância. Falo com ela uma vez por semana, compartilho tudo com ela. Juntas, tão juntas quanto a tecnologia permite, atravessamos a morte de um dos meus irmãos, a morte da minha mãe e depois da filha dela. Nós conversamos, rimos, choramos, brigamos, nos reconciliamos, começamos de novo. Por acaso não é isso que fazem as irmãs?

Agradecimentos

A protagonista deste livro navega um pouco sozinha na sua busca; a autora não, eu não. Tenho a sorte de ter sido acompanhada por amigas que, maravilhosas como são, me escutaram falar deste texto durante anos. Agradecimentos infinitos a Natalia Trejo, María Cabral, Raffaella Fontanot, Lorena Enríquez, Mónica Luna, Elizabeth Cejudo e Sabina Bautista. A Sara Uribe e Claudia Sorais Castañeda pelo amor e pela cumplicidade diária. A Isabel Díaz Alanís, Yolanda Segura, Alaíde Ventura e Abril Castillo pelo acompanhamento de todas e tantas escritas. A Diana Esparza por me resgatar mais de uma vez.

Agradeço também a Cristina RiveraGarza e aos meus colegas do Laboratorio Fronterizo de Escritores, que anos atrás me ajudaram a fazer de uma ideia um texto. A Brenda Navarro e Alisma de León por fazer daquele texto um livro. A Eloísa Nava e Martha Ylenia Guerrero porque me ajudaram a transformá-lo *neste* livro: revisado, aumentado, aterrissado.

Obrigada, é claro, ao meu filho, que cresceu ouvindo esta história e continua me surpreendendo com a sua. A dívida maior, entretanto, eu tenho com a minha irmã Patrícia, que verte luz na minha vida e na de tantas mulheres, sempre.

Copyright © 2021 Sylvia Aguilar Zéleny
Edição publicada mediante acordo com a agência literária SalmaiaLit
Título original: *El libro de Aisha*

Este livro foi realizado com apoio do Sistema de Apoios à Criação e a Projetos Culturais, através do Programa de Apoio à Tradução 2024.

CONSELHO EDITORIAL
Gustavo Faraon, Rodrigo Rosp e Samla Borges

PREPARAÇÃO
Evelyn Sartori

REVISÃO
Rodrigo Rosp e Samla Borges

CAPA E PROJETO GRÁFICO
Luísa Zardo

FOTO DA AUTORA
Corrie Boudreaux

DADOS INTERNACIONAIS DE
CATALOGAÇÃO NA PUBLICAÇÃO (CIP)

Z49l Zéleny, Sylvia Aguilar.
O livro de Aisha / Sylvia Aguilar Zéleny ; trad.
Julia Dantas. — Porto Alegre : Dublinense, 2025.
160 p. ; 19 cm.

ISBN: 978-65-5553-200-5

1. Literatura Mexicana. 2. Romance
Mexicano. I. Dantas, Julia. II. Título.

CDD 868.972036 • CDU 860(72)-31

Catalogação na fonte:
Eunice Passos Flores Schwaste (CRB 10/2276)

Todos os direitos desta edição
reservados à Editora Dublinense Ltda.
Porto Alegre • RS
contato@dublinense.com.br

Descubra a sua próxima
leitura na nossa loja online

dublinense .COM.BR

Composto em MINION PRO e impresso na LOYOLA,
em PÓLEN BOLD 90g/m², no INVERNO de 2025.